4

妹はカノジョにできないのに

著 鏡遊
画 三九呂

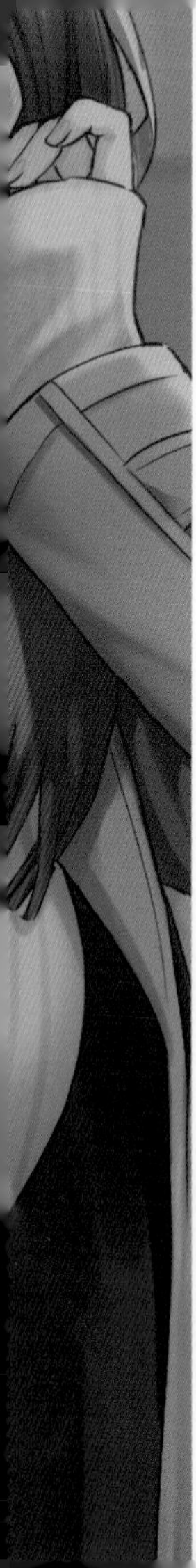

Contents

妹はカノジョにできないのに

4

著——●鏡 遊
画——●三九呂

IMOUTO HA KANOJO NI
DEKINAI NONI

IMOUTO ha
KANOJO ni
dekinai noni
桜羽春太
Sakuraba Haruta
桜羽雪季
Sakuraba Fuyu
月夜見晶穂
Tsukuyomi Akiho

Characters
IMOUTO HA
KANOJO NI
DEKINAI NONI
霜月透子
Shimotsuki Toko
冷泉素子
Reizen Mot
陽向美波
Hinata Minami
氷川涼風
Hikawa Suzuka
氷川流琉
Hikawa Rulu

第0話　プロローグ

正月の浮《うわ》ついた空気は、三が日を過ぎると足早に去って行った。

TVの特番も唐突《とうとつ》に消え去り、大人たちは職場へと出勤していく。

昨日までのハシャいだ雰囲気《ふんいき》が嘘《うそ》のようで。

世界の音量ボリュームが下がったみたいです——

というのは、何年か前の雪季《ふゆ》の表現だ。

あまり勉強のできない雪季《ふゆ》だが、たまに意外な台詞《せりふ》を口にする。

今年も正月が終わると、冬休みの終了まであっという間で——

「はぁ、寒いですね、お兄ちゃん」

桜羽《さくらば》春太《はるた》の隣《となり》で白い息を吐《は》いているのが、その雪季《ふゆ》だ。

冬野《とうの》雪季《ふゆ》は厚手の白いコートを着込み、きっちりとマフラーを巻き、モコモコした手袋《てぶくろ》もはめている。

生足にこだわりのある雪季《ふゆ》だが、さすがにもう限界だと黒いタイツもはいている。

それでもまだミニスカートで美脚《びきゃく》を見せることだけは、やめられないらしい。

寒さに屈《くっ》しやすい仕様の妹も、オシャレのためなら意地になってしまうようだ。

「さすがに、パンツにしたほうがいいんじゃないですか、雪季《ふゆ》さん？」

「うーっ、私は年中無休のスカート派なんですよね……」

雪季《ふゆ》の隣《となり》に、ブラウンのコート姿の霜月透子《しもつきとうこ》が歩いている。

春太《はるた》と透子《とうこ》が、雪季《ふゆ》を真ん中に挟《はさ》んで歩いている格好だ。

今、三人で自宅から駅に向かっている。

「真面目な話、この時期に風邪《かぜ》でも引いたらシャレにならないからな。雪季《ふゆ》もあったかくしとけ」

「はぁ……っ、遂《つい》に受験のせいでオシャレが犠牲《ぎせい》に……」

「受験のためなら、なりふりかまうな。ダサくたっていいだろ」

「はあぁ……そうなんですよね、もっとダサくならなきゃいけないんですよね……」

「…………」

雪季《ふゆ》が言う〝もっと〟がなにを意味するのか、春太《はるた》は知っている。

だが、どうしようもないことなので、あえて触《ふ》れないことにした。

「でも、透子《とうこ》ちゃん。私はまだいいですけど、透子《とうこ》ちゃんは大丈夫《だいじょうぶ》ですか？　あっちはもっと寒いんですよね？」

「はぁ、それはそうですが」

透子《とうこ》は、冬休みを利用して春太《はるた》たちの街にある塾《じゅく》で冬期講習を受けていた。

彼女は実家の旅館の女将《おかみ》になることが決まっているが、高校と大学の七年間は、故郷の田舎《いなか》を出て都会の学校に通うことを許されている。

親戚《しんせき》が経営するアパートがあり、その近くにある女子高を受験する予定だ。

その女子高は、雪季《ふゆ》の志望校でもあり、合格すれば従姉妹《いとこ》同士の二人で同じ学校に通うことになる。

透子《とうこ》は、この冬休みでこちらの街の雰囲気《ふんいき》にも慣れてきた。

だが、短い冬休みも今日で終わり、明日から新学期が始まる。

透子《とうこ》はギリギリまでこちらに滞在《たいざい》し、今日帰っていくのだ。

「田舎《いなか》は、もう雪も積もってますしね。寒いですけど、慣れてます」

「カ、カイロたくさん送りましょうか？」

「あっちでも売ってますよ、雪季《ふゆ》さん。といいますか、カイロでは防げない寒さですよ」

「ううっ、そうでした……！」

雪季《ふゆ》は従姉妹《いとこ》が心配でならないようだが、対策が大いに間違《まちが》っている。

「お兄さんと雪季《ふゆ》さんに駅まで見送ってもらえるだけで充分《じゅうぶん》です」

「はは、それくらい当たり前だろ」

春太《はるた》は、透子《とうこ》のバッグを預かっている。

たいして重くはない。透子《とうこ》は二週間近く泊《と》まっていたので大荷物だったが、大半は宅配便で実家に送ったのだ。

「伯母様《おば》——雪季《ふゆ》さんのお母さんにも、雪季《ふゆ》さんがお勉強頑張《がんば》ってたと伝えておきますね」

「ありがとうございます、透子《とうこ》ちゃん。ああ、私も透子《とうこ》ちゃんについていって、ついでにママにも会ってくるとか……！」

「いえいえ、それはダメですよ！　それに私も、受験の一週間前にはまたお世話になりますし……図々《ずうずう》しくてすみません」

透子《とうこ》は立ち止まって、ぺこぺこと頭を下げてくる。

往来で美少女に頭を下げられると、春太《はるた》としても困ってしまう。

「いや、全然かまわない。むしろ、透子《とうこ》にはもっと早く来てほしいくらいだ」

「ですよね、お兄ちゃん。透子《とうこ》ちゃん、明日来ます？」

「今日帰る意味とは⁉」

透子《とうこ》が反射的にツッコんでいるが、雪季《ふゆ》は本気だ。

同じ高校を受験する仲間で、しかも従姉妹《いとこ》同士。

不安でいっぱいの受験生にとって、これくらい力強い仲間はいないだろう。

「ああ、雪季《ふゆ》は受験生だからダメだが、俺が家まで送っていこうか。母さんにも会えるしな」

「あ、それなら是非《ぜひ》ウチの旅館に！　もしよかったら、私がお兄さん専属の仲居としてお世話をします！」

「透子《とうこ》ちゃーん？（圧）」

「じょ、冗談《じょうだん》ですよ、雪季《ふゆ》さん……」

久しぶりの圧力だった。

「だ、だって、お兄さんも今は……こちらにいないと」

「……そうだな」

もちろん、春太《はるた》も軽口のつもりだった。

透子《とうこ》を送ってやりたいのも、母に会っておきたいのも事実だが、今はそういうわけにもいかない。

「それに、リモートでならいつでも会えますし。あ、雪季《ふゆ》さん、ちゃんと約束の時間にお願いしますね」

「うう、勉強以外のおしゃべりならいつでもウェルカムなんですけど……」

「ああ、透子《とうこ》がリモートで雪季《ふゆ》を監視《かんし》してくれるのか。そりゃ助かる、ありがとうな」

「ま、任せてください！　雪季《ふゆ》さんが寝《ね》そうになったら、旅館仕込みの喉《のど》にものを言わせて叩《たた》き起《お》こします！」

「私、普段《ふだん》は夜更《よふ》かし早起き余裕《よゆう》なんですけど、勉強してると逆らえない眠気《ねむけ》が……」

雪季《ふゆ》のほうは乗り気でないらしい。

監視《かんし》付きの勉強に気乗りするわけもないが、今はラストスパートの時期。

春太《はるた》としても気を抜《ぬ》かずに頑張《がんば》ってもらいたいので、ここで甘やかすわけにもいかない。

「っと、駅だ。もうちょっと付き合うか、雪季《ふゆ》」

「はい、お兄ちゃん。ここでお別れは寂《さび》しいですし」

「いえ、ここでお別れにしましょう。また戻《もど》ってくるんですから」

「……そうか」

「……そうですか」

春太《はるた》と雪季《ふゆ》は、同時に残念そうな顔になってしまう。

「そ、それでですね」

透子《とうこ》は急に顔を真っ赤にして、春太《はるた》のほうを見てきた。

続いて雪季《ふゆ》の顔も見て——意を決したように口を開く。

「こ、これから、受験まで一人で頑張《がんば》らないといけません。ですから……その前に、やる気を充電《じゅうでん》したいといいますか……いいですか！」

「じゅ、充電《じゅうでん》？　まあ、なんでも協力できることなら」

「ありがとうございます！　じゃあ、雪季《ふゆ》さん、お兄さん……ハグしていいですか！」

「え、そういうこと……いや、別にそれでもかまわないが……」

「……まあ、許しましょう。今回だけですからね？」

春太《はるた》が雪季《ふゆ》をちらりと見ると、妹はこくりと頷《うなず》いた。

実は春太《はるた》は透子《とうこ》とは、ハグどころかもっと凄《すご》いことも温泉やスパ銭で体験している。

だが、雪季《ふゆ》の前でやるとなると話は別なのだ。

「では、雪季《ふゆ》さん……お世話になりました。春からも同じ学校に通いたいです」

「私もです、透子《とうこ》ちゃん。ちゃんと勉強頑張《がんば》りますから、安心してください」

よく似た顔立ちの、従姉妹《いとこ》同士の少女たちがぎゅっと抱《だ》き合《あ》っている。

微笑《ほほえ》ましい光景だった。

「で、では……お兄さんも……」

「ちょっと恥《は》ずかしいな……いや、ドンと来い」

「がばっと行きます！」

テンションが上がっているのか、透子《とうこ》は甲高《かんだか》い声で言って春太《はるた》に抱《だ》きつく。

ぎゅうっと強く抱《だ》きつかれ、実は意外に大きな二つのふくらみが分厚いコート越《ご》しにもはっきりと感じられる。

おまけに、ふわりと甘酸《あまず》っぱい香りが春太《はるた》の鼻をくすぐり――

透子《とうこ》は春太《はるた》の耳のそばに顔を寄せ、今度は彼女の息が耳をくすぐってくる。

それから、透子《とうこ》はぱっと離《はな》れて――

「……あ、ありがとうございました！　では霜月透子《しもつきとうこ》、また戻《もど》ってきますから、それまで待っていてください！」

透子《とうこ》は春太《はるた》に預けていたバッグを引ったくるようにして取《と》り戻《もど》すと、たたたっと駅へと走り込んでいった。

「おーい、そんな慌《あわ》てても、電車まだ来てねぇぞ」

「ああ、行っちゃいましたね……ちょっと強めに抱《だ》きついたのが気になりますが、私の広い心で許しましょう」

「雪季《ふゆ》、ホントに心広いか？」

最近、ちょっと妹が怖《こわ》くなってきている春太《はるた》だった。

「冗談《じょうだん》ですよ。透子《とうこ》ちゃんも、私の許可なんて取らなくてよかったのに。お兄ちゃんは、私のものじゃないんですから」

「雪季《ふゆ》、だいぶ変わったな……」

つい先日のクリスマスパーティでの爆弾《ばくだん》発言。

実は、春太《はるた》と雪季《ふゆ》が血が繋《つな》がっていないことを親友たちや幼なじみの松風《まつかぜ》の前で告白した。

以前の雪季《ふゆ》なら、遠慮《えんりょ》のない相手の前でもそこまで思い切ったことは言えなかっただろう。

「透子《とうこ》ちゃん、たぶん本気でお兄ちゃんのこと好きですね。それなら、遠慮《えんりょ》なんてしてる場合じゃないんですよ」

「………」

「私に顔も似てるし、強敵ですね」

「……昔の少年漫画《まんが》で、『強敵』と書いて『とも』ってルビ振《ふ》ってたな」

「その漫画《まんが》、受験が終わったら読みます。透子《とうこ》ちゃんは手強《てごわ》いですよね。可愛《かわい》いし、旅館の仕事もできるし、健気《けなげ》で優《やさ》しいですし」

「雪季《ふゆ》だって負けてないだろ」

「私の取《と》り柄《え》なんて、可愛《かわい》くてお料理ができて、お兄ちゃんよりゲームが上手《うま》いだけですよ」

「いや、ゲームは俺のほうが上手《うま》いだろ」

「いえ、私がＣＳ64《コールサインシックスフォー》に復帰したらお兄ちゃんを軽く抜《ぬ》き去りますよ？」

ギラリ、と睨《にら》み合《あ》う春太《はるた》と雪季《ふゆ》。

世にも稀《まれ》な仲良し兄妹《きょうだい》の二人でも、ゲームの腕前《うでまえ》比べだけは譲《ゆず》れない。

「なんて、そんなことでケンカしてても仕方ないですね。帰りましょう」

「まあ、せっかく出て来たんだ。カフェでお茶とケーキでもどうだ？」

「いいんですか！」

「受験生でもそれくらい、全然いいだろ。脳には糖分も必要だ」

「それじゃ、ＲＵＬＵ《ルル》にしましょう。あそこなら、いろいろサービスしてくれますし」

「ちゃっかりしてんなあ」

ＲＵＬＵは春太《はるた》の同級生と雪季《ふゆ》の親友の家が経営しているカフェだ。

「行きましょう、行きましょう。美味《おい》しいケーキが売り切れる前に！」

「まだ午前中だぞ。そんなすぐには売り切れないだろ」

春太《はるた》は苦笑《くしょう》して、先を歩いて行く妹を追いかける。

歩きながら――さっき透子《とうこ》が耳元でささやいた言葉を思い出す。

『……お兄さん、雪季《ふゆ》さんのこと、ちゃんと見てあげてください』

雪季《ふゆ》はメンタルが不安定になっている。

クリスマスの爆弾《ばくだん》発言、それに――年末に起きたい、い、い事件でも、彼女はショックを受けてしまった。

受験までもう一ヶ月と少ししかない。

春太《はるた》の一番の役割は、雪季《ふゆ》を支えていくことだ。

今はなによりそれを優先しなければならない。

『雪季《ふゆ》ちゃんの受験が一番大事だよ。わかってんでしょ？』

彼女もそう言ってくれたのだから。

「……あれ？」

「ん？　どうした？」

雪季《ふゆ》が立ち止まってスマホを取り出している。

「いえ、なにか通知が……U《ユ》C《ー》u《キ》b《ュ》e《ー》《ブ》の新着通知でした」

「おいおい、U《ユ》C《ー》u《キ》b《ュ》e《ー》《ブ》を観《み》るなとは言わんけど、わざわざ通知を設定してんのか？」

「ええ……晶穂《あきほ》さんのチャンネルだけ設定してて」

それを聞くと同時に、春太《はるた》は弾《はじ》かれたようにスマホを取り出した。

U《ユ》C《ー》u《キ》b《ュ》e《ー》《ブ》アプリを開くと、ホーム画面にチャンネル登録してある〝AKIHOチャンネル〟のサムネが見えた。

「ライブ配信……⁉」

春太《はるた》も運営に参加しているAKIHOチャンネルは、いわゆる〝生配信〟はやっていない。

チャンネルの主が顔出しをしていないので、顔が映るのを避《さ》けるために編集した動画の投稿《とうこう》のみで活動しているのだ。

春太《はるた》は急いで、サムネイルをタップして配信画面を開く。

『うぇーい！　みんな、長いことお休みしててごめーん！』

「「……………っ⁉」」

雪季《ふゆ》も同時に配信を観始《みはじ》めたらしく、春太《はるた》と揃《そろ》ってびくりと反応してしまう。

『ＡＫＩＨＯチャンネル、初めての生配信です！　いきなりアツい曲から行っちゃうよー！』

「あ、あの馬鹿……！」

パーカーにミニスカートという格好の少女が、ギターを激しくかき鳴らして、派手なリフを奏《かな》でている。

「お、お兄ちゃん、ギリギリで顔は見えてませんけど……だ、大丈夫《だいじょうぶ》でしょうか？」

「あいつ、いつ顔出ししてもおかしくなかったからな……」

春太《はるた》は配信画面を睨《にら》みつける。

ギターを奏《かな》でる彼女の背景には見覚えがあった。

「悪い、雪季《ふゆ》！　晶穂《あきほ》を止めてくる！」

「私にかまわず行ってください！」

どうやら、優雅《ゆうが》にカフェでお茶とケーキとはいかなくなったらしい。

冬休みが終わっても、春太《はるた》の周りのトラブルはちっとも落ち着いてくれないようだ。

LIVE
んにちは～
顔見せて♡
デケーwww
コメントする

第1話　妹はまだ願いがわからない

「本当に危ないトコだった……」

「ちぇ、反省してるってー」

「だったらギター弾《ひ》くのやめないか？」

春太《はるた》が駆《か》けつけたのは、月夜見家《つくよみけ》——晶穂《あきほ》の自宅アパートだった。

そのリビングで、春太《はるた》は晶穂《あきほ》と向き合っている。

最近、月夜見家《つくよみけ》リビングは多少の模様替《もようが》えがされて、ずいぶんとすっきりしてしまった。

元から物が少なかったので、もはや〝がらんとしている〟と言ってもいい。

晶穂《あきほ》はそのリビングの真ん中にあぐらをかいて座り、エレキギターを膝《ひざ》に乗せている。

さっきの演奏時の服装のままなので、ミニスカートであぐらをかいていて、大変に行儀《ぎょうぎ》が悪い。

「アンプにも繋《つな》いでないし、昼間だし、これくらいで他の部屋からクレームは来ないって」

「騒音《そうおん》の問題じゃねぇよ。大事な話をしてんだから、真面目に聞けってことだ」

「はぁーい、お兄ちゃん」

「………」

春太《はるた》は晶穂《あきほ》の前に立っていたが、ため息をついてその場に腰《こし》を下ろす。

既《すで》に、ライブ配信は終わってしまっている。

晶穂《あきほ》もさすがに一曲だけで終えたようで、配信のコメント欄《らん》を見る限りは顔バレは避《さ》けられたようだ。

「とにかく、さっきの配信は一度、非公開にしておくからな」

「ああっ、せっかく同接稼《かせ》いだのに！　クッソ、パスワードを変更《へんこう》してやるか……」

「聞こえてんぞ。とにかく、再公開するにしても、顔が映ってないか確認《かくにん》してヤバそうなところは編集してからだ」

春太《はるた》はスマホでＡＫＩＨＯチャンネルの管理ページにログインして、さきほど配信された動画の設定を変更《へんこう》する。

ライブ配信した動画も自動でアーカイブが残る設定になっているが、そのアーカイブが観《み》られないようにしたのだ。

「ちぇー、ハルにパス教えたのが運の尽《つ》きだね」

「なんでおまえはそんなに身バレが怖《こわ》くないんだよ。恐《おそ》れ知らずか」

春太《はるた》としては、まだ晶穂《あきほ》の顔が視聴《しちょう》者にバレるのは怖《こわ》い。

晶穂《あきほ》は並外れた美少女だし、チャンネル登録者数は一万を超《こ》えたところだが、熱狂《ねっきょう》的なファンが既《すで》にいるようだ。

ストーカー被害《ひがい》などの可能性を考えると、特に対策もできていない今、顔出しするのは時期尚早《しょうそう》だ。

「そういや、透子《とうこ》ちゃん、もう行っちゃった？」

「ああ、雪季《ふゆ》と二人で見送ってきたよ。誰《だれ》かさんのライブ演奏で余韻《よいん》が台無しだけどな」

「透子《とうこ》ちゃん、すぐ戻《もど》ってくるし、春からはこっちに住むんだから、もうハルの女みたいなもんじゃん」

「結論が飛躍《ひやく》しすぎだろ！」

確かに、透子《とうこ》は春太《はるた》に恋愛《れんあい》感情を向けてくれているようだ。

もう透子《とうこ》の気持ちは雪季《ふゆ》にもバレているし、春太《はるた》の周囲の全員が知っているらしい。

だが、春太《はるた》はまだ透子《とうこ》が本気かどうかは怪《あや》しいものだと思っている。

それになにより、春太《はるた》は雪季《ふゆ》と晶穂《あきほ》の二人だけで手《て》一杯《いっぱい》なのだ。

「それより、晶穂《あきほ》。午後に来る予定だったが……もう荷物はまとめてあんのか？」

「はぁ……マジでハルん家に住んでいいわけ？」

そう、月夜見晶穂《つくよみあきほ》は今日から桜羽家《さくらばけ》に居候《いそうろう》することになっている。

透子《とうこ》と入《い》れ替《か》わりになるのは偶然《ぐうぜん》で、晶穂《あきほ》は昨日までどうしてもこの家にいなければならない理由があった。

「雪季《ふゆ》も父さんもＯＫしてる。俺が断る理由はないだろ」

「……可愛《かわい》いカノジョだもんね、晶穂《あきほ》さんは」

「そうだな」

春太《はるた》は立ち上がり、晶穂《あきほ》の頭にポンと手を置いた。

まるで子供扱《こどもあつか》いだが、今はこうしてやりたかった。

「それじゃ、秋葉《あきは》さんにも一言断りを入れないとな」

春太《はるた》は一歩進んで、壁際《かべぎわ》に置かれた祭壇《さいだん》の前に座った。

この祭壇《さいだん》は〝後飾《あとかざ》り〟と呼ばれ、四十九日で納骨するまで遺骨を安置する場所だ。

遺骨と白木の位牌《いはい》、線香《せんこう》を立てる香炉《こうろ》や蠟燭《ろうそく》、供えた花――それに遺影《いえい》。

ごく最近撮影《さつえい》された、微笑《びしょう》を浮かべた月夜見秋葉《つくよみあきは》の写真だった。

春太《はるた》はそう何度も秋葉《あきは》と会ったわけではないが――

どこか余裕《よゆう》が感じられる微笑《ほほえ》みは、いかにも〝魔女《まじょ》〟と呼ばれた彼女らしい。

「この遺影《いえい》さあ」

「…………」

晶穂《あきほ》が春太《はるた》の隣《となり》に座ってきた。

「お母さんのスマホにあった自撮《じど》りを使ったんだよね」

「……そうだったのか」

「何年分かの写真があって、たいした量でもなかったんだけど、半年に一回とかそんくらいでこういう正面からの気取った感じの自撮《じど》りがあってさ。ＪＫじゃあるまいし、三十五にもなってそんな自撮《じど》りするのかなって」

「それは人によるだろ」

年齢《ねんれい》もあまり関係ないし、自撮《じど》りをしたところで誰《だれ》かの迷惑《めいわく》になるわけでもない。

いや、春太《はるた》も晶穂《あきほ》が言いたいことはわかっている。

月夜見秋葉《つくよみあきは》は――ほんの二週間ほど前に亡《な》くなった晶穂《あきほ》の母親は、常に遺影を用意してあったのだ。

三十五歳といっても、十歳以上も若く見え、女子高生の晶穂《あきほ》と姉妹《しまい》に見えるといっても過言ではない。

秋葉《あきは》は並外れた美人で、しかも他を圧倒《あっとう》するようなオーラがあった。

髪《かみ》やメイクは決して派手ではなかったが、いつもきちんとした身なりをしていた。

秋葉《あきは》は最後に人前で見せる自分の姿にも、手を抜《ぬ》きたくなかったのだろう。

だから、万が一に備えて遺影《いえい》用の自撮《じど》りを用意して、しかも定期的に更新《こうしん》していた――

春太《はるた》は線香《せんこう》を上げ、手を合わせる。

生前の秋葉《あきは》には翻弄《ほんろう》されることも多かったが、不思議と春太《はるた》は彼女に悪い印象を抱《いだ》いたことはない。

秋葉《あきは》は、春太《はるた》の母の死に関わっていた――秋葉《あきは》はそれを悔《く》いていたようで、春太《はるた》に責めてもらうことを望んでいた節《ふし》もある。

それでも、春太《はるた》は母の最期《さいご》に秋葉《あきは》が立ち合っていたことに感謝したいくらいだ。

秋葉《あきは》は、春太《はるた》の母の親友だった。

春太《はるた》が秋葉《あきは》と顔を合わせたのはほんの数回でも、春太《はるた》とは関わりの深い人だったのだ。

なにより、春太《はるた》にとって大事な人の母親なのだから――

＊

あらためて、春太《はるた》は遺影《いえい》を見つめながら思い出す。

月夜見秋葉《つくよみあきは》は、ほんの二週間前――この世を去った。

クリスマス前に心臓発作《ほっさ》を起こして入院し、年明けには退院する予定だったが。

突然《とつぜん》、容態《ようだい》が悪化してあっという間に――

葬儀《そうぎ》は身内だけで済まされたが、特別に春太《はるた》も参列させてもらった。

雪季《ふゆ》はショックを受けていたために参列を見合わせて、葬儀《そうぎ》の間は透子《とうこ》にそばについてもらっていた。

春太《はるた》は葬儀《そうぎ》に出るのは初めてで、ただおとなしく座っていただけだった。

月夜見秋葉《つくよみあきは》は荼毘《だび》に付され、春太《はるた》も火葬《かそう》場まで晶穂《あきほ》に付《つ》き添った。

火葬《かそう》を終えた帰り道の晶穂《あきほ》の言葉を、表情を、春太《はるた》は忘れられそうにない。

「ハル――お母さん、こんなに小さくなっちゃった」

晶穂《あきほ》は母の遺骨箱を抱《かか》え、微笑《ほほえ》んでいた。

「あんなデカくて邪魔《じゃま》くさかったのにね。このコンパクトサイズなら、ウチにしばらく置いといてもいいよね」

「…………」

「ねえ、ハル。あたしの人生、どうなってんだろうね?」

晶穂《あきほ》はまだ微笑《ほほえ》んでいるが――その表情は言葉と矛盾《むじゅん》しているように感じられる。

「実の兄貴を好きになるし、お母さん死んじゃうし……この心臓だっていつ止まるかわかんないんだよね……」

「…………っ」

春太《はるた》は、秋葉《あきは》の〝遺言《ゆいごん》〟を思い出す。

秋葉《あきは》が死の数時間前に春太《はるた》に送った、数通のメッセージ。

最後の一言が――

『晶穂《あきほ》も私と同じ、心臓の疾患《しっかん》が遺伝してる』

このメッセージは、春太《はるた》には秋葉《あきは》の死と同等の衝撃《しょうげき》だった。

いや、それ以上だったかもしれない。

秋葉《あきは》の死はもうどうにもならないことだったが、晶穂《あきほ》の心臓疾患《しっかん》は未来の可能性なのだ。

「晶穂《あきほ》、おまえ知って……！」

「知らないわけないじゃん。知ってないと、危ないでしょ」

「それはそう……だな」

今は何事もなくても、将来的にどうなるかわからない。

晶穂《あきほ》自身が心臓疾患《しっかん》のことを知らなければ、なにか起きたときに対処が遅《おく》れる可能性もある。

秋葉《あきは》が娘《むすめ》に伝えていたのは当然のことだ。

だが、晶穂《あきほ》はそれを知っていて、春太《はるた》には黙《だま》っていたことになる。

伝えなければならない筋はない――少なくとも春太《はるた》はそうは思わない。

もっと前から知っていてもよかったはずの事実だ。

「余命一年とか言われるほうがマシだよね。一年かもしれないし、お母さんみたいにアラフォーまで生きるかもしれない。もっと長い可能性だってあるんだよ。こんな、生殺しみたいな、どうなるかわからないなんて……こんなの、神様のイジメだよ」

「それは……違《ちが》う」

春太《はるた》は、思わず晶穂《あきほ》の肩《かた》を摑《つか》んでいた。

秋葉《あきは》の遺骨を挟《はさ》んで向き合う格好になっている。

「……なに、違《ちが》うって？」

「余命一年より可能性があるほうが、ずっとマシに決まってるだろ」

「それは……ハルにとっては他人事《ひとごと》だから……」

「晶穂《あきほ》、俺が他人事《ひとごと》だと思ってるなんて──本気で言ってんのか？」

「……そんなわけないじゃん」

会話はそこで打ち切られてしまった。

このときの晶穂《あきほ》はもう、既《すで》に限界だったのだ。

母の死だけでも受け止めきれないだろうに、そこに自分の死の可能性も見えてきてしまったのだから。

自分も母と同じように死んでしまう──そんな可能性を見てしまったら、簡単に立ち直れるはずがない。

春太《はるた》はただ、黙《だま》って晶穂《あきほ》をアパートへと連れ帰った。

他になにができただろう？

秋葉《あきは》の遺骨は、彼女が学生時代からずっと暮らしたアパートの部屋へと帰ってきた。

「お母さんなら、『まだ娘《むすめ》に抱《かか》えられるような歳《とし》じゃないわ』って嫌《いや》がっただろうね」

「……かもな」

ようやく出てきた晶穂《あきほ》の声は、いつもと変わりなかった。

声が震《ふる》えているわけでもなく、涙《なみだ》を流すわけでもなく。

「ごめん、さっき言ったことは忘れて。今はあたし、自分のことじゃなくて——お母さんのことだけ考えてたい」

「わかった……」

春太《はるた》は頷《うなず》くしかなかった。

実のところ、春太《はるた》にも晶穂《あきほ》の心臓のことはまだ漠然《ばくぜん》としている。

どれだけ心配であっても、それを抑《おさ》え込《こ》み、表に出すことは避《さ》けなければ。

春太《はるた》が過剰《かじょう》に心配することで、さらに晶穂《あきほ》を追い込みかねない。

だったら今は、ただ秋葉《あきは》の死を——優《やさ》しい母親だった彼女の死を悼《いた》むべきだった。

それでいいのだろう、と春太《はるた》は思った。


人が一人亡《な》くなるというのは、決して小さな出来事ではない。

身内となれば尚更《なおさら》で、まだ未成年で学生の晶穂《あきほ》ものんきに座っていられなかった。

秋葉《あきは》が亡《な》くなったそのとき、彼女の夫——晶穂《あきほ》の義父である男は海外にいたらしい。

もちろん、急遽《きゅうきょ》帰国することになったが、一時間や二時間で戻《もど》ってこられるわけではない。月夜見家《つくよみけ》は極端《きょくたん》に親戚《しんせき》が少ないようで、葬儀《そうぎ》の段取りなど、未成年の晶穂《あきほ》が判断を下さなければならないことがいくつもあった。


「私でよければ」


そう言って、晶穂《あきほ》の手助けを買って出たのは、春太《はるた》の父だった。

春太《はるた》の父の真太郎《しんたろう》にとって、亡《な》くなった秋葉《あきは》は「息子《むすこ》のクラスメイトの母」だ。

父は、春太《はるた》と晶穂《あきほ》の関係をどこまで知っているのか？

春太《はるた》と晶穂《あきほ》が付き合っていることを、春太《はるた》は未《いま》だに父には告げていない。

気づいているかもしれないが——あえて言うことでもない。

息子《むすこ》のクラスメイトの母、では関係が薄《うす》すぎるが、父にとって秋葉《あきは》は「亡《な》き妻の親友」でもあり、その妻を通しての知り合いでもあった。

こちらの関係性のほうが、はるかに濃厚《のうこう》だろう。

親切な人間であれば、葬儀《そうぎ》の手伝いを申し出るのは不自然でもない。

晶穂《あきほ》の実の父であるという事実は、むしろ隠《かく》すのが故人のためでもある。

春太《はるた》の父は年末ギリギリまで仕事が入っていたが、それらをキャンセルして晶穂《あきほ》の手伝いを行った。

仕事人間である父の決断に春太《はるた》は驚《おどろ》いたものの、当然のことではある。

隠《かく》された父と秋葉《あきは》の関係を思えば、手伝いを言い出さなかったら父を軽蔑《けいべつ》していたかもしれない。

晶穂《あきほ》も、素直《すなお》に春太《はるた》父の手伝いを受け入れた。

実際、葬儀《そうぎ》の段取りは高校生にはハードルが高すぎる。

秋葉《あきは》が死去した二日後に、晶穂《あきほ》の義父が帰国したために春太《はるた》父はお役御免《ごめん》になったが。

春太《はるた》の父は、家族のみの葬儀《そうぎ》には参加せず、あとで月夜見家《つくよみけ》に手を合わせに行ったらしい。

その日、父は一言も口を利《き》かなかった――

通夜《つや》と葬儀《そうぎ》を終え、家のリビングを整理して祭壇《さいだん》を設置し、遺骨を置いて、月夜見家《つくよみけ》は落ち着きを取り戻《もど》した。

だが――家が落ち着いたことで、晶穂《あきほ》本人は逆に落ち着きをなくしてしまった。

塞《ふさ》ぎ込《こ》んでしまい、食事をすることも忘れ――時折思い出したように爆音《ばくおん》でギターを奏《かな》でたりもする。

明らかに、晶穂《あきほ》は精神の均衡《きんこう》を失っていた。

春太《はるた》が、そんな晶穂《あきほ》を黙《だま》って見ていられるはずもなく。

「ここにいるのは無理だ、晶穂《あきほ》。ウチに来い」

「……ん」

春太《はるた》は、葬儀《そうぎ》の翌日には晶穂《あきほ》を桜羽家《さくらばけ》で引き取ると決めた。

晶穂《あきほ》も、どうでもいいように頷《うなず》いた。

アパートに住めないなら——桜羽家《さくらばけ》以外に選択肢《せんたくし》はないだろう。

そもそも、年末年始は晶穂《あきほ》を春太《はるた》の家で居候《いそうろう》させる予定だった。

その年末年始は葬儀《そうぎ》と諸々の後始末に明け暮れ、予定が先送りになっただけとも言える。

「すまない、桜羽《さくらば》くん。晶穂《あきほ》のこと、少し頼《たの》めるか」

葬儀《そうぎ》で初めて会った晶穂《あきほ》の義父は、思っていた以上にまともそうな人物だった。

年末年始も妻も子も顧《かえり》みずに海外にいて、そもそも秋葉《あきは》との夫婦《ふうふ》関係も普通《ふつう》ではなさそうだったが、常識が欠如《けつじょ》しているわけでもないらしい。

驚《おどろ》いたことに、義父は〝詩人〟だった。

失礼ながら春太《はるた》は冗談《じょうだん》かと思ったが、過去に詩集を出したこともあるプロだとか。

ただ、詩だけでは食っていけないようで、作詞家でもあるとのことだ。

音楽のイベント関係の会社勤めだった秋葉《あきは》とは、もちろん音楽の仕事で知り合ったらしい。

それ以上の詳《くわ》しいことまでは、春太《はるた》は聞いていないが——

彼に晶穂《あきほ》のことを頼《たの》まれ、断る理由もなかった。

義父にも仕事があり、晶穂《あきほ》に張りついていられない。それは仕方ない。

むしろ、晶穂《あきほ》や義父の詩人がなにも言わなくても、春太《はるた》は〝妹〟を引き取っていただろう。

春太《はるた》は、秋葉《あきは》の死を聞いたあの夜に——妹を受け入れると決めたのだから。

＊

「一応、荷物はまとめてあるよ」

「そりゃよかった。荷造りからやらされるのかと疑ってたからな」

春太《はるた》は晶穂《あきほ》に軽口を返した。

今のところ、晶穂《あきほ》は平静を取《と》り戻《もど》しているように見える。

母の死を知らされた電話の直後の晶穂《あきほ》は、あまりにも激しく取り乱していた——

あのときの様子を思い出すと、とてもではないが晶穂《あきほ》を一人にしておけない。

今日になって、晶穂《あきほ》の周囲もようやく落ち着き、引き取れることになった。

桜羽家《さくらばけ》の狭《せま》さを考えると、透子《とうこ》と入《い》れ違《ちが》いになったのは偶然《ぐうぜん》ながら、よかったのかもしれない。

「ああ、荷物はあたしの部屋にあるから」

晶穂《あきほ》は立ち上がり、リビングを出て自室へと向かった。

そういえば、と春太《はるた》は今さら思う。

月夜見家《つくよみけ》には何度か来ているのに、未《いま》だに晶穂《あきほ》の部屋には入ったことがなかった。

普通《ふつう》の男女交際をしていた頃《ころ》は、晶穂《あきほ》が春太《はるた》の家に来ることがほとんどだった。

「ここだよ。どうぞ、遠慮《えんりょ》せず」

「おまえも俺の部屋入るのに、遠慮《えんりょ》なんかしたことないもんな」

春太《はるた》はまた軽口を返しつつ、晶穂《あきほ》の部屋に入った。

散らかっているかと思いきや――意外にがらんとしている。

目立つ家具は机にベッド、CDが数十枚収まった背の低い棚《たな》くらいだ。

ただ――

「おい、晶穂《あきほ》。なんだこりゃ？」

「え？　だから、ハルの家に持ってく荷物」

「荷物って……」

「キャリーケースとボストンバッグとアンプと予備ギターとアコギと趣味《しゅみ》のベース、運んでね」

「大荷物すぎる！」

「ハル、デカイし、これくらい軽く持って行けるでしょ？」

「俺の体重より重くないか？」

いくら春太《はるた》が長身で力があっても不可能だ。

「そりゃ、ハルの部屋を狭《せま》くすんのはちょっぴり悪いと思うけどさ」

「俺の部屋に運び込むのかよ！」

「受験生の部屋に大荷物持ち込むのは悪いじゃん？」

「その良識が俺に向かないのはなんでだ？」

「ああ、寝《ね》るときは雪季《ふゆ》ちゃんの部屋で寝《ね》かせてもらうよ。真太郎《しんたろう》さんいるし、さすがにハルと一緒《いっしょ》の部屋はね」

「……ウチの父親を名前にさん付けで呼ぶの意味深だからヤメロ」

まだ、「お父さん」とか「パパ」のほうがふざけているだけだと思われるだろう。

晶穂《あきほ》と春太《はるた》父が意味深すぎる関係であるのは事実だが。

「しゃーない。父さんに車を出してもらおう」

「こんなに持ってくるな、とは言わないんだ？　甘やかしてくるね、ハル」

「女子は荷物が多いもんだろ。雪季《ふゆ》だって冷泉《れいぜん》や氷川《ひかわ》の家に泊《と》まるときは、信じられない大荷物を持って行くからな」

兄と違《ちが》い、体力のない雪季《ふゆ》は自分で用意した荷物で死にそうになりながら出かけたものだ。

言うまでもなく、見かねた春太《はるた》が雪季《ふゆ》の大荷物を抱《かか》えて冷泉《れいぜん》たちの家まで送ってきた。

可愛《かわい》い妹の肩《かた》に、重たいバッグの紐《ひも》が食い込むことなど許せるはずがない。

「ギターも雪季《ふゆ》から許可が出たしな。予備はいらんと思うが」

「ギターの弦《げん》って簡単に切れるもんなんだよ」

「弦《げん》だけ取《と》り替《か》えろよ」

ライブ中ではあるまいし、ギターごと取《と》り替《か》える必要がどこにあるのか。

それはともかく、桜羽家《さくらばけ》には受験生がいるためにギターの演奏は禁止だった。

だが、その受験生本人から「大きな音でなければおっけーです」との許可が出た。

雪季《ふゆ》が不在のときなら、「お好きにどうぞ」との追加許可まで出た。

「ま、たぶんギター弾《ひ》きたくてたまんなくなるだろうね」

「……なあ、晶穂《あきほ》」

「ん？」

春太《はるた》は晶穂《あきほ》の小柄《こがら》な身体《からだ》を、そっと抱《だ》き寄せた。

「……欲情したの、ハル？」

「本当に減らず口が減らないな」

「減らず口だからね」

そう言って、晶穂《あきほ》のほうからも春太《はるた》にぎゅっと抱《だ》きついてくる。

「晶穂《あきほ》、この部屋にいたいなら、いてもいい。俺も付き合ってもいい」

「……馬鹿じゃないの。雪季《ふゆ》ちゃんのそばにいなきゃダメでしょ。受験生なんだから」

「雪季《ふゆ》の面倒《めんどう》もちゃんと見る。桜羽家《ウチ》とここの往復くらい簡単だ。俺にはレイゼン号があるのを忘れんなよ」

「寒くなってから、あんま乗ってないじゃん。バレバレだからね、ハル」

「くっ……」

春太《はるた》の愛車、原チャリのレイゼン号は最近ずっとシートで隠《かく》されたままだ。

「さすがに、ウチとハルん家《ち》の往復なんて面倒《めんどう》くさいことさせられないよ。桜羽家《さくらばけ》に居候《いそうろう》させてもらうってだけで、申し訳ないのに」

晶穂《あきほ》に〝申し訳ない〟なんて感情あったのか……」

「そこ、マジで言うのやめない？」

晶穂《あきほ》は本気で嫌《いや》そうだが、春太《はるた》も本気で驚《おどろ》いていた。

「とにかく、アパートに戻《もど》りたいならいつでも言え。俺も付《つ》き添《そ》うから」

「まあ……毎日、ここに寄ってお母さんに手を合わせるけどね」

「俺も付き合うよ」

「ハルは毎日じゃなくていいよ。魔女《まじょ》はクールだからね、ベタベタしないのがいいんだよ」

「それも……そうか」

ぎゅうっと二人は互《たが》いに強く抱《だ》き合《あ》う。

この行為《こうい》が、兄妹《きょうだい》としてなのか彼氏《かれし》彼女《かのじょ》としてなのか、春太《はるた》にはわからないし、おそらく晶穂《あきほ》も同じだろう。

「……今日からお世話になります、桜羽《さくらば》くん」

「ああ、遠慮《えんりょ》はいらないよ、月夜見《つくよみ》さん」

だが、なぜだか恥《は》ずかしくなって、付き合う前の呼び方をしてしまう。

特に春太《はるた》のほうは、晶穂《あきほ》への接し方に戸惑《とまど》っている。

母を亡《な》くしたばかりの少女にどう接したらいいか、わかるはずもない。

しかも、晶穂《あきほ》は――

その母と同じ運命を辿《たど》るかもしれないのだ。

晶穂《あきほ》の心臓のことを考えないように、不安げな態度を出さないように。

だが、自分を抑《おさ》えようとしても、抑《おさ》えきれない。

春太《はるた》はまだ自分が晶穂《あきほ》を守れる存在ではないと、嫌《いや》になるほど理解してしまう。


「よし、こんなもんか」

「ああ、またお皿が洗われてしまいました……」

「使われた皿は洗われる運命にあるんだよ、雪季《ふゆ》」

春太《はるた》はキッチンの流しから離《はな》れ、エプロンを外す。

ダイニングに置かれた椅子《いす》に座っていた雪季《ふゆ》は、モコモコした上着に白いキャミソール、ショートパンツというお馴染《なじ》みの部屋着姿だ。

あからさまにがっかりした顔で、今にも頭を抱《かか》えそうだ。

「せめて、後片付けくらいは私にやらせてくれても……」

「それこそ、雪季《ふゆ》がやる必要ないって。受験生には食器を洗う前にやることがあるだろ」

「……はぁ、まさか本当に家事を取り上げられるなんて。今、絶望が私の心を覆《おお》ってます」

「大げさな」

春太《はるた》は苦笑《くしょう》して、ぽんぽんと雪季《ふゆ》の頭を叩《たた》く。

そう、春太《はるた》は今日から雪季《ふゆ》の家事を禁止した。

理由はもちろん、雪季《ふゆ》が受験生で家事をやっている場合ではないからだ。

「まあ、ろくにメシつくれなくて悪いけど、そこは我慢《がまん》してくれ」

「お兄ちゃんのご飯とお味噌汁《みそしる》は嬉《うれ》しいんですけど……でも、私がお兄ちゃんに食べさせたいんですよ！」

「ダメだ」

「お兄ちゃあん……」

「そんなおねだり顔しても……ダメだ」

「今、一瞬《いっしゅん》間が空きませんでした？」

春太《はるた》は「気のせいだ」と首を振《ふ》る。

幼い頃《ころ》から、春太《はるた》は雪季《ふゆ》のおねだりへの抵抗《ていこう》値が低い。

だが、今は心を鬼《おに》にして雪季《ふゆ》を勉強に集中させなければ。

「雪季《ふゆ》がいなかった時期に、少しだけ家事を覚えておいたのが功を奏したな。人生、無駄《むだ》がないもんだ」

「うう――……あの空白の時間のせいで」

春に春太《はるた》たちの両親が離婚《りこん》して、雪季《ふゆ》は実の母に引き取られて引《ひ》っ越《こ》していった。

春太《はるた》は数ヶ月、父親と二人暮らしをして多少の家事ができるようになったのだ。

料理といっても米を炊《た》き、味噌《みそ》汁《しる》をつくる程度だが。

おかずはスーパーで買ってきた惣菜《そうざい》をあたため、カット野菜でサラダを用意するくらいだ。

「ただ、味と栄養に問題はなくても、味気なさはあるよな。もうちょっと料理覚えておくべきだったなあ」

家事を母と雪季《ふゆ》に頼《たよ》りっきりだったのが悔《く》やまれる。

雪季《ふゆ》が戻《もど》ってからも覚えるチャンスはあったのだから、完全に自分の怠惰《たいだ》のせいだった。

「ではやはり、ここは私の出番かと！　大丈夫《だいじょうぶ》です、お料理や洗濯《せんたく》をしたって勉強する時間は充分《じゅうぶん》に取れます！」

「ダメだ」

「さっきと台詞《せりふ》が同じです、お兄ちゃん！」

春太《はるた》はなんと言われようと、雪季《ふゆ》に家事をやらせるつもりはない。

透子《とうこ》がいた間は、居候《いそうろう》の彼女も家事に熱心だったので、雪季《ふゆ》にも家事を任せてしまっていたが……。

その透子《とうこ》が実家に戻《もど》り、一月も半ばになろうとする今、受験生に余計な仕事をさせられない。

「いいから、あきらめろ。お茶でも飲むか？」

「いえ……でも、ちょっと食休みします……」

「そうか」

別に、それくらいなら春太《はるた》も文句を言わない。

そもそも、雪季《ふゆ》の言うことは間違《まちが》っていないのだ。

今までどおり家事をこなしても、勉強をする時間は充分《じゆうぶん》だろう。

受験本番まであと一ヶ月ほど。

最後の追い込み時期には復習をする程度で済ませて問題ないのだが、それはそれだ。

「はぁ……モチベが……モチベが上がりません」

「恐《おそ》ろしいことを言うなよ」

春太《はるた》と雪季《ふゆ》は並んでソファに座ってみたが、妹のほうはまだ立ち直れないらしい。

この時期、もっとも受験生が陥《おちい》ってはいけない状態に陥《おちい》っている。

半分冗談《じようだん》だとしても、確かに雪季《ふゆ》のメンタルケアが必要そうだ。

「雪季《ふゆ》、家事はダメだが、他のことならなにかないか？　モチベを上げるためにな」

「……おねだりしていいんですか？　実は一つあったんですけど」

「ああ、言ってみろ」

最近の雪季《ふゆ》は、突拍子《とっぴょうし》もない行動も多い。

春太《はるた》は警戒《けいかい》しつつも、妹のメンタルのためにそう言うしかなかった。

「実は、その、一生に一度のお願いなんですけど……」

「雪季《ふゆ》の一生に一度のお願い、百回くらい聞いてるんだが。いや、まあいいが」

「私、高校生になったら、ピアスしても……いいですか？」

くいっと小首を傾《かし》げながら、上目遣《うわめづか》いで見てくる雪季《ふゆ》。

「は？　ピ、ピアス？」

「ええ、ミナジョの校則を調べたらピアスはOKみたいなので」

ミナジョとは、雪季《ふゆ》が来月受験する水流川《みながわ》女子《じょし》高校のことだ。

「な、なんだそんなことか……」

「大事なことです、お兄ちゃん！」

「そ、そうだな」

雪季《ふゆ》は大好きなゲームと同じくらい、オシャレに命を懸《か》けている。

アクセサリーのたぐいについては、雪季《ふゆ》にとっては死活問題なのだ。

「あー……俺の許可はいらないんじゃないか？　ああ、俺は全然問題ないと思う」

「ピアスは男子受けがよくない、みたいな話も聞くので」

「そりゃ、舌ピアスとかへそピアスの話じゃないか？」

「そ、それは自分でもちょっと……痛そうなのでイヤです」

「耳にピアスも痛いらしいぞ。美波《みなみ》さん、自分で開けたらしいが、痛くて片耳だけでやめたんだとさ」

陽向美波《ひなたみなみ》は、春太《はるた》のバイト先のゲームショップの先輩《せんぱい》店員で、女子大生。

春太《はるた》は美波《みなみ》が左耳にだけピアスを着けているのを、オシャレの一環《いっかん》だと思っていた。

真実を知ったときは、漫画《まんが》のようにコケそうになったものだ。

「どうせなら両耳開けたいんですよね……」

「それこそ、雪季《ふゆ》の好きにしていいが」

ピアスを着けるなら片耳でも両耳でも同じことだ。

「自分でピアス穴を開ける機械――ピアッサーっていうんですが、あれなら手軽にできそうですよね」

「ああ、あるなあ」

ピアッサーはホッチキスのように耳たぶを挟《はさ》んで、ぐっと押し込んで穴を空ける機械だ。

春太《はるた》もTVで見たことがある。

「そんなの使わなくても、病院とかで開けてもらえるんじゃないか？」

「私、病院は苦手ですし……あ、お兄ちゃん、開けてくれますか？」

「え、俺が？　う、うーん……そういうのはこっちまで痛そうで苦手だな」

「私も怖《こわ》いですけど、お兄ちゃんに穴を貫《つらぬ》いてもらえるなら……いいですよ？」

「…………」

エロい台詞《せりふ》に聞こえたのは俺の心が汚《よご》れてるせいだろうか。

春太《はるた》は、いらんことを考えてしまう。

「ゲーム屋のお姉さん……陽向美波《ひなたみなみ》さんのピアス、似合ってましたよね。憧《あこが》れます」

「見た目に憧《あこが》れるのはいいんだがな……」

春太《はるた》も、陽向美波《ひなたみなみ》が色香の溢《あふ》れる美人であることは認めざるをえない。

だが、あのふざけた性格を見習うのはちょっとばかり困る。

「わー、高校生になったらピアスができます。テンション上がってきました！」

「…………」

雪季《ふゆ》はソファから立ち上がり、腕《うで》を振《ふ》って踊《おど》っている。

どうやら家事を取り上げられたショックは忘れてくれたらしい。

そんなことで妹のモチベが上がるなら、安いもの。

春太《はるた》も、元からピアス程度でどうこう言わない。

「実はぁ……」

「ん？」

雪季《ふゆ》はソファに座ったままの春太《はるた》の顔を、覗《のぞ》き込《こ》むようにしている。

「私、ネイルもやってみたいんですよね……」

「それくらい別にいいって。どんどんやれ」

「いいんですか！」

雪季《ふゆ》は、ぱぁっと顔を輝《かがや》かせる。

むしろネイルは、穴を開けるピアスに比べれば可愛《かわい》いものだ。

おそらく、雪季《ふゆ》はネイルも「男受けがよくない」を気にしているのだろう。

というより、春太《はるた》が嫌《いや》がるのではと危惧《きぐ》しているようだ。

実のところ、春太《はるた》はピアスもネイルも別に好きではない。

ただ、オシャレ好きな妹がやりたいというなら、好きにさせたい。

雪季《ふゆ》は、今も爪《つめ》の手入れくらいはしているが、派手なネイルがお望みなのだろう。

「あ、透子《とうこ》ちゃんは旅館の仕事があるからピアスもネイルも禁止らしいです」

「そりゃしょうがねぇな」

ピアスはともかく、老舗《しにせ》旅館の若女将《おかみ》ががっつりネイルアートをしていたら、客が驚《おどろ》くこと間違《まちが》いなしだ。

「でも、こっちの高校にいる間はネイルくらいならできますよね。髪型《かみがた》もポニテだけじゃなくて、いろいろ遊びたいですし」

「……まあ、ほどほどにな」

妹は、従姉妹《いとこ》を着せ替《か》え人形にして遊ぶ気満々だ。

春太《はるた》は透子《とうこ》のフォローもしようと心に決める。

「実は、つららちゃん先輩《せんぱい》に生徒手帳の校則の部分を写真で送ってもらいまして」

「え？　あの人に？」

つらら——冬野《とうの》つららは、ミナジョに通う高校一年生だ。

雪季《ふゆ》がミナジョに合格したあとに住むと主張しているアパートの住人で、オーナーの娘《むすめ》でもある。

先日のクリスマスパーティで、雪季《ふゆ》とも対面を果たしている。

派手なギャルっぽい女子高生で、あれの悪影響《あくえいきょう》も春太《はるた》には心配だった。

「校則内でどこまでオシャレできるか、悩《なや》んで夜も眠《ねむ》れません」

「まだ受験終わってないからな⁉」

「わかってますよ」

雪季《ふゆ》は、にっこりと笑う。

「はー、夢が広がります。お小遣《こづか》いだけじゃ足りませんね。お兄ちゃんのお店でバイトしてみましょうか……」

「うーん、ウチの店は今はバイト募集《ぼしゅう》してないんだよな」

「えー……」

ゲームショップ〝ルシータ〟では主力の美波《みなみ》に加えて、春太《はるた》もそれなりに仕事をこなせるようになっている。

店長は今、バイトを増やすつもりはなさそうだ。

春太《はるた》としても、ルシータは居心地《いごこち》がいいので、店が続く限りは辞《や》める気はない。

「あ、そういや……」

クリスマスパーティで、美波《みなみ》の友人でモデルである青葉《あおば》キラが、雪季《ふゆ》をモデルにスカウトしたという話もあった。

雪季《ふゆ》は乗り気なようだが、受験もあるのでまだ決めてはいないはずだ。

あの話はどうなったのか気になるが、今ここで言い出す必要もないだろう。

「なんですか、お兄ちゃん？」

「いや、なんでもない。それより、ピアスもネイルも予算が必要なら協力するからな」

「わー、ありがとうございます。でも、問題はパパですね」

「は？　父さんが？　なんでだ？」

「ほら、私って中二で髪《かみ》を染めたじゃないですか」

「ああ」

雪季《ふゆ》は元々黒髪《くろかみ》だが、茶色に染めている。

そこまで派手な色ではないし、彼女の中学では茶髪《ちゃぱつ》くらいは黙認《もくにん》されているので問題はない。

「パパはけっこう反対だったみたいです。髪《かみ》を染めるなら、せめて大学生になってからとか」

「高校生でもダメって？」

今時、小学生でも髪染《かみそ》めくらいはする。

多数派ではないにしても、目くじらを立てるほどのことでもない——と、春太《はるた》は思う。

「ママはほら、厳しい家庭で育てられたみたいですから。その反動で、私が自由にやるのは、むしろ推奨《すいしょう》みたいな感じで」

「そういや、母さんが乗り気だったのは覚えてんな」

「結局、改革派のママが押し切ってくれたんです」

「まあ、家の中じゃだいたい母さんが押し切ってたけどな」

雪季《ふゆ》には、まだクリアするべき障害があるようだ。

ここは春太《はるた》が援護射撃《えんごしゃげき》してやるところだろう。

「んー、二人ともなんの話してんの？」

「あっ、晶穂《あきほ》さん」

リビングのドアが開いて、入ってきたのは——月夜見晶穂《つくよみあきほ》だった。

長い黒髪《くろかみ》を後ろで無造作に束ね、大きめのパーカーのみというくつろいだ格好だ。

いや、パーカーの下にはショートパンツをはいているだろうが、裾《すそ》が長いのでなにもはいてないように見える。

「すみません、うるさかったですか？　お部屋で音楽聴《き》いてたんですよね？」

「あはは、あたしはただの居候《いそうろう》なんだから」

晶穂《あきほ》は、どさりと春太《はるた》の横に座り込む。

「いつもどおりにしてってお願いしたのは、あたしのほうだしね」

「……晶穂《あきほ》、なんか飲むか？」

「いつもどおりじゃないね、ハル。普段《ふだん》、そんな優《やさ》しくないじゃん」

「………俺、そこまで意地悪でもないだろ？」

「どうだったかなあ」

晶穂《あきほ》は、ニヤニヤ笑って春太《はるた》を見つめてきている。

彼女は、今はもう普段《ふだん》と様子はたいして変わらない。

変わらなすぎて、春太《はるた》は心配になってしまう。

心配していても、顔に出さないようにはしているが――

晶穂《あきほ》はまだ、母の葬儀《そうぎ》を終えて二週間ほどしか経《た》っていない。

普段《ふだん》どおりに戻《もど》るのは、あまりに早すぎではないだろうか。

「じゃあ、もっと優《やさ》しさを要求してもいいかな？」

「なんで雪季《ふゆ》のほうを見ながら言うんだよ」

春太《はるた》は、晶穂《あきほ》をじろりと睨《にら》む。

明らかに、晶穂《あきほ》は面白《おもしろ》そうに雪季《ふゆ》の様子を窺《うかが》っている。

「優《やさ》しさでもなんでも、要求していい。ちょうど、雪季《ふゆ》のお願いを聞いたところだしな」

春太《はるた》がそう言うと、雪季《ふゆ》もこくこくと頷《うなず》いた。

「さあ、晶穂《あきほ》、お望みはなんだ？　なんでも聞くぞ」

「ハルってば、いつになく積極的に優《やさ》しいじゃん」

「……優《やさ》しさっていうのは積極的なもんなんだよ」

そうとは言えないのはわかっているが、春太《はるた》は言い切った。

今の自分が不自然なほど、晶穂《あきほ》に優《やさ》しいのはわかっている。

母を亡《な》くしたばかりの相手に優《やさ》しくするのは普通《ふつう》のことだが、あるいは度を過ぎているかもしれない。

だが、晶穂《あきほ》に疑われようと、春太《はるた》は優《やさ》しくしたい自分を止められなかった。

第2話　妹は動き出したい

冬休みが終わり、新学期。

三学期など、あっという間に終わってしまう。

春太《はるた》は小中高と、ずっと三学期制の学校に通ってきて、三学期の儚《はかな》さをよく知っている。

「じゃあ行こうか、ハル」

「え？　どこへ……って、ああ、そうか。今日、どっかついてこいって話だったか」

新学期になって最初の通常授業が終わり、放課後。

カバンに荷物を詰《つ》めて帰る準備をしていると、晶穂《あきほ》がやってきた。

昨夜の晶穂《あきほ》からの要求は、「付き合ってほしいところがある」というものだった。

詳細が不明なのは怖いが、「なんでも聞く」と言ったからには引き下がれない。

さすがにもう寒いので、晶穂《あきほ》もいつものパーカーの上にブレザーを着ている。

パーカーも以前より分厚いものになっているし、ギタリストとして手を守るためか手袋《てぶくろ》もあたたかそうだ。

だがコートなどは着ずに、派手な赤いマフラーを巻いているだけで、寒がりの春太《はるた》から見れば正気を疑う格好だ。

「……晶穂《あきほ》、なんでコート着ないんだ？」

「ブレザーって上着じゃん？　コートみたいなもんだよ」

「そうだろうか……？」

晶穂《あきほ》は着ぶくれが好きではないらしく、おまけに寒さにも強いタイプのようだ。

春太《はるた》とは実に対照的で、血の繋《つな》がりがあっても耐寒《たいかん》性能は極《きわ》めて高いらしい。

二人は学校を出て、冷え込む中を歩いて行く。

どうやら駅へ向かっているようだ、と春太《はるた》は見当をつける。

今日はバイトもないので、晶穂《あきほ》に付き合っても特に問題はない。

むしろ、晶穂《あきほ》が一人でどこかへ行ってしまったら、気になって他のなにも手につかなくなっていただろう。

とにかく、晶穂《あきほ》のことが気がかりで仕方がない。

ただでさえ母を失って精神的に不安定な上に、彼女自身の体調がいつ変化するかわからない。

それがいつなのか、本人はなにか知っているのか。

できれば、もう少し事実をはっきりさせておきたい。

ただ――

多少晶穂《あきほ》が落ち着いてきたとはいえ、「調子はどうだ」などと迂闊《うかつ》に訊《き》けない。

日常会話であっても、晶穂《あきほ》は鋭《するど》いので、なにか探《さぐ》りを入れていると感づかれるだろう。

秋葉《あきは》はとんでもない置き土産《みやげ》を残してくれたものだ、と春太《はるた》は多少恨《うら》めしく思う。

だが、言われなかったら、あとでもっと困ることになっていたかもしれない。

秋葉《あきは》が晶穂《あきほ》の心臓のことを春太《はるた》に言い残してくれたのは、正しかったのだろう。

駅で電車に乗り、三駅ほど移動。

晶穂《あきほ》はスマホで地図を確認《かくにん》してから、駅前から歩いて行く。

どうも、晶穂《あきほ》も初めて行く場所らしい。

特にいかがわしい区域でもなさそうで、春太《はるた》は少しほっとしつつ——

「あ、ここだ、ここだ。ふぅん、なんか雑《ざつ》いビルだね」

「……雑居ビルって言うくらいだからな。で、なんなんだ、ここは？」

「このビルの三階だよ。ほら」

特になんの変哲《へんてつ》もないビルの入り口に、フロア案内が出ていた。

三階は——　〝株式会社ネイビーリーフ〟と表示されている。

「まだわからんぞ。なんの会社だ、これ？」

「あの銀メッシュのお姉さん、忘れちゃった？」

「銀メッシュって……ああ、青葉《あおば》キラさんか！」

「さすが、美人のことは忘れないねえ、ハル」

「……悪意を感じるな」

青葉《あおば》キラは、春太《はるた》のバイト先の先輩《せんぱい》である陽向美波《ひなたみなみ》の友人だ。

美波《みなみ》と同じ女子大に通っていて、現役《げんえき》のモデルでもある。

すらりと細いスタイルの美人で、モデルであると同時に所属する芸能事務所のスタッフらしい。

しかも、事務所の社長の孫でもあるとか。

晶穂《あきほ》は、その青葉《あおば》キラにクリスマスパーティで出会い、事務所にスカウトされたのだ。

青葉《あおば》キラの事務所は、モデルだけでなく最近はＵＣｕｂｅｒ《ユーキューバー》の売り出しにも手を拡《ひろ》げているらしい。

自力で一万を超《こ》える登録者数を稼《かせ》ぎ、おまけに余裕《よゆう》でモデルにもなれる美少女。

青葉《あおば》キラが晶穂《あきほ》に目をつけたのは当然だろう。

「じゃ、行こうか。考えさせてほしいとか言っといて、二週間以上経《た》っちゃったからね」

「……そうだな」

この二週間、晶穂《あきほ》は事務所どころではなかった。

「つーか、ここに来るなら普通《ふつう》に言えばよかっただろ」

「ハル、いかがわしいところに連れて行かれるんじゃないかって、ドキドキしなかった？」

「そんなことのために！」

ズバリ言い当てられてしまっているが、晶穂《あきほ》は事あるごとに春太《はるた》を誘惑《ゆうわく》するので、ドキドキしないほうがおかしい。

「さあ、そんなところで立ち止まってないで、中に入っていいぞ」

「「え？」」

春太《はるた》と晶穂《あきほ》は、突然《とつぜん》後ろから聞こえた声に振《ふ》り返《かえ》った。

帽子《ぼうし》を目深《まぶか》にかぶり、黒縁《くろぶち》眼鏡をかけ、野暮《やぼ》ったいコートを羽織った人物が二人の背後に立っている。

春太《はるた》はとっさに、晶穂《あきほ》をかばうように前に出る。

「ああ、わからないか。私だ」

「私だって……ああ！」

春太《はるた》は背後の人物を凝視《ぎょうし》して、ようやく気づいた。

他でもない、青葉《あおば》キラだった。

一瞬《いっしゅん》どこかの不審者《ふしん》――芸能事務所前をウロついている危険人物かと思ったのだ。

おかげでとっさに身体《からだ》が動いて、晶穂《あきほ》をかばってしまった。

「愛されてるな、ＡＫＩＨＯちゃん」

「そうなんですよ。愛が重くて」

「………」

ここは、晶穂《あきほ》に礼を言われてもいいところではないか。

春太《はるた》は、過剰《かじょう》に心配しすぎないほうがいいか、と思い始めてしまう。

芸能事務所といっても、オフィスに目立った特徴《とくちょう》があるわけではない。強《し》いていうなら、あちこちにモデルのポスターが貼《は》られているくらいだ。それと、外観はぱっとしない雑居ビルだったが、意外に出入りはしっかり管理されているようだった。

電子ロックのドア、出入り口を見張る防犯カメラがあり、春太《はるた》たちもゲストＩＤを与《あた》えられ、首から提《さ》げている。

出入り口ドアのそばに屈強そうな男性社員が二人座っていて、事務作業をしている。おそらく、人の出入りの監視《かんし》も兼《か》ねているのだろう。

「お待たせ、よく来てくれたな、ＡＫＩＨＯちゃん、美波《ミナ》の後輩《こうはい》くん」

「いえ、お時間を取らせてすみません」

晶穂《あきほ》はぺこりと頭を下げる。

事務所にはパーティションで区切られた打ち合わせ用のスペースがあった。

春太《はるた》と晶穂《あきほ》はそこに通され、小さなテーブルを挟《はさ》んで青葉《あおば》キラと向き合っている。

キラが持ってきてくれた熱いコーヒーが出されたところだ。

そのキラは、既《すで》に帽子《ぼうし》も眼鏡も外している。

彼女は人気モデルらしいので、外では変装しているのだろう。

「俺はオマケなので、気にしないでください」

「ミナの後輩《こうはい》を雑に扱《あつか》うとあとが怖《こわ》いな」

「そんなに後輩《こうはい》思いですかね、美波《みなみ》さんって？」

「いや、後輩《こうはい》くんをオモチャ扱《あつか》いできるのは自分だけだと言ってた」

「扱《あつか》いが雑なのとオモチャは違《ちが》いませんか⁉」

「そうですよ、あたしにもハルをオモチャ扱《あつか》いする権利があります」

「ねぇよ」

それはカノジョとしてなのか妹としてなのか、春太《はるた》は凄《すご》く訊《き》きたかった。

「そのあたりは、ＡＫＩＨＯちゃんとミナで話し合ってもらうとして」

「そんな恐《おそ》ろしい事態になったら、俺は北の果てまで逃《に》げますよ」

間違《まちが》いなく、晶穂《あきほ》と美波《みなみ》は春太《はるた》を巻き込もうとするだろうから。

「雪季《ふゆ》ちゃん、寒いの苦手だから北は嫌《いや》がるんじゃない？」

「俺が逃《に》げるときは雪季《ふゆ》を連れて行くと思ってんのか」

「連れて行かないの？」

「そりゃ、連れて行くけどな」

春太《はるた》は、雪季《ふゆ》と遠く離れるつもりは一ミリもない。

一度、雪季《ふゆ》と離《はな》ればなれになってからそう誓《ちか》ったのだ。

「まあ、そのあたりもＡＫＩＨＯちゃんとミナと妹さんで話し合ってもらうとして」

「事態が加速度的に泥沼《どろぬま》化してる……」

北どころか、地球外への脱出《だっしゅつ》を検討する必要が出てきた。

「とにかく、ウチの事務所はタレントのプライベートには干渉《かんしょう》しない。ウチにはアイドルはいないから、恋愛《れんあい》禁止がどうこうでもないしな」

「でも、モデルだとやっぱり恋人《こいびと》がいるいないは問題じゃないですか？」

「ＡＫＩＨＯちゃんはあまりファッション雑誌は読まないか？　モデルのファン層は基本的に同性だ。人気モデルにはイケメンの恋人《こいびと》の一人や二人、いたほうが望ましいくらいだよ」

「なるほど……でも、ＵＣｕｂｅｒ《ユーキユーバー》なら？」

晶穂《あきほ》もいろいろ考えているようで、どんどん質問が出てくる。

成り行きで、いきなりネイビーリーフを訪ねたわけではないらしい。

「そちらもさほど問題視はしない。恋人《こいびと》の存在を公言してる人気ＵＣｕｂｅｒ《ユーキユーバー》もいるしな。ただ、配信活動自体には注文をつけることになると思う」

「たとえば？」

「ＡＫＩＨＯちゃん、この前初めてライブ配信をしてたな」

「はい、ちょっと思うところがありまして」

「…………」

春太《はるた》はあえて補足説明はしない。

母親を亡《な》くしたばかりで、精神的に危《あや》うくなっていた——などと、先日会ったばかりの青葉《あおば》キラに言えるはずがない。

「ライブ配信自体はどんどんやるべきだ。リアルタイムでリスナーのコメントを拾って反応してやれば、登録者も増えるだろう」

「ああ……それ、やる余裕《よゆう》がなかったんです」

晶穂《あきほ》は、苦笑いしている。

UCube《ユーキユーブ》のライブ配信にはリスナーがコメントをつけてくるので、配信者がそれに応えるのが基本だ。

たとえば、リスナーから曲のリクエストを受けてそれを演奏することもできる。

そこが、TVなどの一方的に発信するメディアとの大きな違《ちが》いで、リスナーとやり取りできるのがライブ配信の大きな強みである。

リスナーも推《お》しの配信者に反応してもらえるのは嬉《うれ》しいだろう。

「コメントは慣れていないと拾うのも難しいからな。AKIHOちゃんの配信はまだコメントは少なかっただろうが、なんにでも反応していたらキリがないし」

「まだ、立ち回りは正直わかってないです。生で演奏するので精一杯《せいいっぱい》で」

「………」

珍《めずら》しい、と春太《はるた》は思った。

晶穂《あきほ》は見栄《みえ》を張るタイプではないが、弱みを見せるのは嫌《いや》がる。

母を亡《な》くした連絡《れんらく》が来た日、春太《はるた》に泣いてすがりついたことも当然だと思いつつも——晶穂《あきほ》が感情をあらわにしたことに、驚《おどろ》きがあったほどだ。

晶穂《あきほ》は、良くも悪くも変わりつつあるのかもしれない。

「ウチも配信者が何人か所属していて、ノウハウも蓄積《ちくせき》してる。いろいろ教えられることはあると思う。ただ——」

「なんですか？」

「ちなみにだが、ＡＫＩＨＯちゃんは陽キャか？」

「クール系ですが、友達は陽キャ関係者が多いです」

「だったら、顔バレも時間の問題だな」

陽キャ関係者ってなんだ、と思いつつも春太《はるた》はツッコミを入れない。

あくまで、今日は晶穂《あきほ》の付《つ》き添《そ》いだからだ。

「文化祭のライブでほぼ身バレしている上に、ＡＫＩＨＯちゃんの陽キャ仲間のＳＮＳを漁《あさ》られたら顔が出るのは避《さ》けられないだろう」

「まあ……あたしも、いろんなヤツと一緒《いっしょ》に写真撮《と》ってますからね。芸能人じゃあるまいし、写真をネットに上げるなとは言えませんし」

「そんなことをしたら、友達をなくすな」

「はい」

明らかに、青葉《あおば》キラも〝陽〟に属する者だ。

晶穂《あきほ》とキラ、陽キャ同士、言葉は少なくても通じるらしい。

春太《はるた》に言わせれば、本人に無断で写真をアップするのはイヤガラセに近いが。

確かに、このSNS全盛時代《ぜんせいじだい》に晶穂《あきほ》の身バレ、顔バレは避《さ》けられそうにない。

もちろん、悪いことばかりではなく、メリットも大きい。

顔を出しているUCuber《ユーキユーバー》は珍《めずら》しくないし、晶穂《あきほ》の並外れた美貌《びぼう》を表に出せばチャンネル登録数も大きく伸《の》びるだろう。

「ただ、晶穂《あきほ》に危険が及《およ》ぶことになったら、俺は非常手段も取りますよ」

「うん、後輩《こうはい》くんはいいな。言うべきことはきちんと言ってる。ミナに教育されてるだけあって、しっかりしてる」

「青葉《あおば》さん、美波《みなみ》さんを買いかぶってません？」

春太《はるた》はゲームショップでのバイトは確かに美波《みなみ》から教育されているが。

人としての生き方は、むしろ反面教師にしている。

誇張《こちょう》抜《ぬ》きで足の踏《ふ》み場もない部屋で暮らす人間は、なかなか見習いにくい。

「私はミナは高く買ってるぞ。あいつを何度もスカウトしてるが、モデルだけでなくウチでマネージメントも頼《たの》みたいと思ってる」

「はぁ……そ、そうなんですか」

春太《はるた》は基本的に美波《みなみ》を信頼《しんらい》しているが、バイト先でも怠惰《たいだ》な姿を見せているので全面的に信じてはいない。

だが、聖リーファ女学院という進学校出身だし、頭もいいのかもしれない。

「まあ、ミナのことはいい。だが、後輩《こうはい》くん——いや、サクハル」

「サ、サクハル？」

「一つだけ約束する。ネイビーリーフは、決してタレントを危険な目に遭《あ》わせない」

キラは立ち上がり、宣言するように言い放った。

「危険なファンやアンチから守るのはもちろん——落とし穴に落としたり、電流を浴びせたり、そういう二〇世紀のお笑いみたいなことは一切《いっさい》やらせない。安心してくれ」

「……今時、えり好みをしてたら芸能活動なんてできないのでは？」

聞き返したのは晶穂《あきほ》だ。

晶穂《あきほ》は、音楽のためならなんでもやるだろうが、芸人のようなマネをするとは思えない。

あえて、キラの本心を確かめているのかもしれない。

「やりたくないことも、時にはやってもらう。嫌《きら》いな曲を弾《ひ》いてもらうこともあるだろう。だが、物理的に危険のあることは避《さ》けるべきだ」

「……青葉《あおば》さんがそう思っていても、会社的にはどうなんですか？」

今度は、春太《はるた》が質問する。

いくら青葉《あおば》キラが経営者の孫でも、権限は限られているはず。

「もし、事務所がタレントを守らなくなったら、私はタレントたちを引き連れて独立する。そのための資金も人脈も築いてる」

「…………」

春太《はるた》は、真顔で語っているキラを見つめる。

頼《たの》もしく思う一方で、「この人はガチすぎてヤバい」とも思ってしまう。

いや、頼《たよ》り甲斐《がい》がないよりはずっといいが。

「もっとも、祖父が経営している限りは大丈夫《だいじょうぶ》だ。お祖父様《じいさま》は昔、所属タレントが問題を起こしたときに、本気で腹を切ってお詫《わ》びしようとしたほどだからな」

「お祖父《じい》さん、江戸《えど》時代のお生まれなんですか？」

春太《はるた》は、ツッコまざるをえなかった。

責任の取り方が、時代錯誤《さくご》にもほどがある。

「祖父が若干《じゃっかん》やべーのは私がフォローする。とにかく、アンチやストーカーはもちろん、危険なファンが現れた場合は即座《そくざ》に仕事よりも安全を優先する。綺麗事《きれいごと》を言ってるわけじゃない。これが、現代の芸能事務所のもっとも安全な経営方針なんだ」

「なるほど……」

晶穂《あきほ》は、うんうんと頷《うなず》いている。

「まあ、ウチにはハルがいるんで、その手の危険は全然心配してませんけどね」

「そうだな、配信者にもマネージャーはつけてるが、信頼《しんらい》できる人間がボディガードも兼《か》ねてついてくれるなら安心だろう」

「………………」

あれ、と春太《はるた》は内心で首を傾《かし》げる。

AKIHOチャンネルの運営サポートは続けるとしても、晶穂《あきほ》のマネージャーをやると言った覚えはないのだが。

またもや、春太《はるた》の意思をスルーして事態は進んでいるらしい。

だが、青葉《あおば》キラの方針は春太《はるた》にとっても頼《たの》もしい。

健康に不安がある晶穂《あきほ》に、危険なマネをさせるような事務所だったら、迷わずに所属の話を断らせるところだった。

正直、春太《はるた》としては晶穂《あきほ》の身バレよりも重要な部分で、危険の回避《かいひ》が保証されたのは大きい。

ある程度の安全が確保できるなら、晶穂《あきほ》が顔を出すライブ配信も可能になるだろう。

「なんにしても、私にとって重要なのは、ＡＫＩＨＯちゃんを是《ぜ》が非《ひ》でもウチにほしいということだ！」

「そ、そこまでですか？　あたし、チャンネル登録も一万をやっと超《こ》えたトコですし」

「この前のライブ配信、実によかった！　鬼気迫《ききせま》るほどの迫力《はくりょく》があって、視聴《しちょう》者たちも圧倒《あっとう》されてたぞ！」

「あ、ありがとうございます」

もはや、ただのＡＫＩＨＯのファンと化しているキラだった。

「これならイケる、と確信できた！　そこで、サクハル！」

「え、俺？」

「君にもＡＫＩＨＯちゃんと一緒《いっしょ》に動画に出てもらいたい！」


「絶対にやるべきです、お兄ちゃん！」

「……おい、晶穂《あきほ》」

春太《はるた》と晶穂《あきほ》がネイビーリーフでの話し合いを終え、桜羽家《さくらばけ》に帰宅して。

夕食の席で、晶穂《あきほ》があっさりと青葉《あおば》キラとの会見内容を雪季《ふゆ》に明かしたのだ。

雪季《ふゆ》は、春太《はるた》のＡＫＩＨＯチャンネルへの〝演者《えんじゃ》〟としての参加に大賛成らしい。

春太《はるた》はこの話を受けるか迷っていたので、まだ雪季《ふゆ》に話すつもりはなかったのだが。

「この唐揚《からあ》げ、イケるな。もうちょっと肉がデカいとよかったんだが」

「私がつくる唐揚《からあ》げのほうが美味《おい》しいです！　いえ、そんなことはよくて！　お兄ちゃん、話を変えないでください！」

ちなみに、本日の夕食は出かけたついでにテイクアウトしてきた弁当だ。

春太《はるた》と雪季《ふゆ》が若鶏唐揚《わかどりからあ》げ弁当、晶穂《あきほ》はタルタルチキン南蛮《なんばん》弁当、父親の分は鯖《さば》塩焼き弁当。

雪季《ふゆ》は「お兄ちゃんと同じでいいです」とのことだった。

料理ができないなら食事のメニューはなんでもいい、と雪季《ふゆ》は捨て鉢《ばち》になっているらしい。

「お兄ちゃんも晶穂《あきほ》さんと一緒《いっしょ》に動画に出る……最高じゃないですか！」

「雪季《ふゆ》、賛成なのか。ちょっと意外だな」

この妹は、晶穂《あきほ》が事務所に所属してそのサポートを受けることに危機感を抱《いだ》いているようだった。

ただでさえ、晶穂《あきほ》は雪季《ふゆ》に劣《おと》らず華《はな》のある女の子だ。

それに加えて動画でバズって有名になれば、さらに晶穂《あきほ》の魅力《みりょく》が増すことになる——

晶穂《あきほ》とポジションを奪《うば》い合《あ》っている雪季《ふゆ》にしてみれば、警戒《けいかい》するのも当然のことだった。

「お兄ちゃんのかっこいい動画は、いくらあっても困りませんよ？」

「いや、あくまで晶穂《あきほ》が主役だから……」

「私の目には、お兄ちゃんしか映りませんよ？」

「いや、そこは主役のあたしも映ってくれないと……」

「お兄ちゃんの動画、楽しみですね。ふふ、それを楽しみにお勉強頑張《がんば》ってきます！」

「あ、ああ……そうしてくれ」

雪季《ふゆ》は食べ終えていた弁当を片付け、部屋へと戻《もど》っていった。

「妹に期待されちゃ、やらないわけにはいかないね、ハル」

「外堀《そとぼり》を埋《う》めにきたな、晶穂《あきほ》。だいたい、そっちの妹は自分の動画に部外者が出演していいのか？」

「ハルは部外者じゃなくて、元からスタッフじゃん。裏方が演者になるなんて、UCube《ユーキューブ》じゃよくあることだね」

「いやいや、青葉《あおば》さんもだが、晶穂《あきほ》もマジで言ってんのか？　俺なんて、マジでなんの芸もねえぞ」

「女をはべらせまくってるって、なかなかできることじゃないよ？」

「ほほう、言いたいことがあるなら聞こうじゃないか」

春太《はるた》は声を大にして言いたかった。

はべらせてはいない——とは言い切れないが、少なくとも好きで周りに女子を集めているわけではない。

「冗談《じょうだん》はともかく、アレも借りてきちゃったんだし。あとには引けないよ、ハル」

「くっ……！」

リビングの隅《すみ》に、ギターケースが立てかけられている。

晶穂《あきほ》のギターケースではなく、ネイビーリーフから借りてきたものだ。

正確にはギターではなく、ベース。

青葉《あおば》キラは、ＡＫＩＨＯチャンネルの新メンバーとして謎《なぞ》の長身ベーシスト〝ハウル〟を追加するつもりなのだ。

最初は〝ハル〟と提案されたが、春太《はるた》の必死の抵抗《ていこう》でかろうじて一文字追加してもらった。

身バレ防止効果としてはあまりに弱いことは承知の上だ。

「俺、ネットに顔出しとか絶対したくないんだが……」

「あたしも人の子だから、そこまで無理は言わない。そうだなあ、単純に行こう」

「単純？」

「濃《こ》いサングラスかけてマスクつけて、あとは帽子《ぼうし》。タンクトップにショートパンツ、これをデフォルトの衣装《いしょう》にしよう」

「待て待て、その服装は変装になってないだろ！」

姿を想像してみるに、ただの不審者《ふしん》ではないだろうか？

「単なるサングラスとマスクだと、ＵＣｕｂｅ《ユーキューブ》には似たようなのけっこういるんだよね。

区別をつけなきゃ」

「晶穂《あきほ》のバックにいるだけなんだろ、俺は。そんな悪目立ちしてどうする」

「ちぇっ」

こいつ、面白《おもしろ》がってるだけだな。

春太《はるた》は、演者昇格《しょうかく》を強く断らなかったのを後悔《こうかい》し始めている。

「ま、ベースはあたしも遊びで弾《ひ》いたことあるから、教えてあげる。ハル、デカいから指も長いし、楽器向いてるんじゃない？」

「俺に細かいことできんのか……野菜もろくに刻めない不器用さだぞ」

「あたしも刻めないし、刻む気もないから大丈夫《だいじょうぶ》」

「後者は大丈夫《だいじょうぶ》じゃねぇよ。おまえも料理、手伝えよ」

晶穂《あきほ》は居候《いそうろう》だが、家事を手伝う気は微塵《みじん》もないようだ。

つい先日までいた、優秀《ゆうしゅう》な居候《透子》との差がえげつない。

「あのさ、ハル」

「ん？」

突然《とつぜん》、晶穂《あきほ》が真面目な顔になっていて、春太《はるた》は驚《おどろ》く。

「無理して、あたしに優《やさ》しくする必要はないんだよ」

「……それこそ無理だろ」

「意識すればできないことはないでしょ。あたしはさ、いつものハルが好きなんだから、変に優《やさ》しくされると嫌《きら》いになるかも」

「凄《すげ》ぇ脅《おど》しだな……」

理論としては破綻《はたん》していないが、優《やさ》しくするなと言われても困る。

春太《はるた》は、親を亡《な》くしたばかりの相手に優《やさ》しくする以外の振《ふ》る舞《ま》い方を知らない。

「今はさ、あたしも立て直そうとしてんだから。UCube《ユーキューブ》の活動もね。本格的にライブ配信も始めて、青葉《あおば》さんの事務所のサポートも受けようと思ってる」

「……事務所、入るって決めたのか」

青葉《あおば》キラは、晶穂《あきほ》との契約《けいやく》を急がないという話だった。

お試《ため》しということで、春太《はるた》のメンバー加入やライブ配信のサポートをしてくれるという、破格の待遇《たいぐう》でもある。

「決めたよ。お母さんが紹介《しょうかい》してくれるって事務所もあったけど、青葉《あおば》さんのほうに入る」

「そっちでいいのか」

「なんだかんだでお母さん、あたしを甘やかしてくれてたと思う。魔女《まじょ》なのに甘いんだよ、あの人。でも、もう甘えられないんだからね。切《き》り替《か》えていかないと」

晶穂《あきほ》は微笑《びしょう》して、リビングの隅《すみ》に行ってベースをケースから取り出した。

渋《しぶ》いブラウンのベースだった。

晶穂《あきほ》はソファに座り、ぼーん、と弦《げん》を弾《はじ》くようにして音を一つ奏《かな》でた。

「うん、いい音。青葉《あおば》さん、安物とか言ってたけど、けっこう高いヤツかも」

「俺、そんな高い楽器で練習するの怖《こわ》いんだが……」

「ああ、練習する気になったんだ？」

「……人の好意はありがたく受けないとな」

「そういう性格が、女の子を勘違《かんちが》いさせるんじゃない？」

「………………」

今日の晶穂《あきほ》は、やたらと痛いところをついてくる。

晶穂《あきほ》は、ベースを指で器用に弾《はじ》き、ボボンボボンと重い音を響《ひび》かせる。

「ぶっちゃけると、今のあたしってかなりダメだと思う。でも、立ち直ろうって気力がないほどでもない。あのとき、ハルが素直《すなお》にあたしを泣かせてくれたからかもね」

もちろん、晶穂《あきほ》が電話で母の死を聞かされたときのことを言っているのだろう。

「だから、大丈夫《だいじょうぶ》とは言えないけど、あんまり甘やかさなくてもいい。UCube《ユーキューブ》のほうをもっと手伝ってくれたらね」

「それ、充分《じゅうぶん》甘やかしてるって言わないか？」

「言うかも」

晶穂《あきほ》はかすかに笑い、さらにベースを奏《かな》でていく。

ベースの音だけ聞いてもなんの曲を弾《ひ》いているのかわからないが、単なる遊びの演奏とは思えないレベルだ。

「雪季《ふゆ》ちゃんの受験があるんだしね。とりあえずさ、お母さんのことは忘れておいてよ。あたしは桜羽家《さくらばけ》に置いてもらえて、ハルに音楽を手伝ってもらえるだけで充分《じゅうぶん》すぎる」

「…………俺は晶穂《あきほ》の兄貴だ。それだけ忘れないでくれ」

「忘れられたら、楽だったのにね」

晶穂《あきほ》は微笑《ほほえ》みを浮かべたままだが──その目が少しだけ潤《うる》んでいる。

やはり本人が言うとおり、まだまだ晶穂《あきほ》は大丈夫《だいじょうぶ》ではない。

だが、晶穂《あきほ》が言うのなら、過剰《かじょう》な甘やかしは逆効果なのだろう。

春太《はるた》は元から晶穂《あきほ》のサポートだけでも行うつもりではあったので、珍《めずら》しく間違《まちが》った選択《せんたく》をせずに済んだらしい。

晶穂《あきほ》には、秋葉《あきは》から遺伝した心臓の病気のことがある──

UCube《ユーキューブ》の配信活動を手伝えば、できるだけ彼女のそばにいて見守ることにもなる。

雪季《ふゆ》の面倒《めんどう》を見ながら両立させることも、それほど難しくはないはずだ。

そう思えば、AKIHOチャンネルの動画出演も悪い話ではない。

「じゃ、さっそく一曲練習しようか。大丈夫《だいじょうぶ》、簡単なコードの繰り返《かえ》しだから、一日五時間も練習すれば一週間で弾《ひ》けるようになるよ」

「一日五時間⁉」

下手をすると体育会系の部活より練習時間が長い。

前言撤回《てっかい》、雪季《ふゆ》の世話との両立ができるかどうか、怪《あや》しくなってきた。

第3話　妹はたまにはハシャぎたい

人生、なにが起きるかわからない。

あまりにも知《し》れ渡《わた》った説だが、高校一年生、たかが十六年しか生きていない春太《はるた》には実感が持ちづらい――はずだった。

だが、GW直後の両親の離婚《りこん》から始まり、年明けまで多くの出来事が起きすぎた。

もちろん、マイナスの出来事ばかりというわけでもない。

雪季《ふゆ》と再会できたこと、晶穂《あきほ》と付き合ったこと――そこには楽しいこともいくらでもあった。

だから、変化が起きることを恐《おそ》れてはいけない。

そんな実感も持てたが――まだまだ、まさかと思うことが起こってしまうらしい。


「きゃああっ、お兄ちゃんかっこいいです！」


桜羽家《さくらばけ》、リビング――

家族共用のデスクトップPCのモニターには、とある映像が映し出されている。

雪季《ふゆ》はその映像をかじりつくようにして観《み》て、歓声《かんせい》を上げている。

二月中旬《ちゅうじゅん》の受験まではもう一ヶ月を切っており、本番まで最後の追い込みの真っ最中。

雪季《ふゆ》は、毎日死んだ目で勉強しているのだが、今日はその目がキラキラと輝《かがや》いている。

モニターに映し出されているのは、近日U Cube《ユーキューブ》に投稿《とうこう》予定の晶穂《あきほ》の動画だった。

晶穂《あきほ》は黒髪《くろかみ》ロングの髪《かみ》を意図的にボサボサにして。

胸の谷間もあらわなピンクのキャミソール、ファスナーを全開にした白いパーカー、下着が見えそうなほどダメージの入ったデニムのホットパンツ、黒いニーソックスという扇情《せんじょう》的な姿。

晶穂《あきほ》の前にはマイクが置かれ、叫《さけ》ぶように歌いつつ、愛用のギターを奏《かな》でている。

そして――

その晶穂《あきほ》の背後に立っているのは、髪《かみ》をオールバックにしてサングラスをかけ、黒いスーツの上下に同じく黒のネクタイを締《し》めた怪《あや》しい男――春太《はるた》だ。

春太《はるた》は例のブラウンのベースを構え、直立不動で弦《げん》を爪弾《つまび》いている。

ついでに、春太《はるた》の後ろにはドラムセットが置かれていて、そこに座っているのは青葉《あおば》キラだ。

キラは特に変装めいたことはせず、春太《はるた》と同じ黒のスーツの上下、ネクタイは緩《ゆる》めて襟元《えりもと》を大きく開いている。

中性的な印象もある彼女なので、そんな服装があまりにも似合いすぎてるほどだ。

「こ、これがAKIHOwithリズムユニット〝アオザクラ〟なんですね……！」

雪季《ふゆ》はじぃぃっとモニターを見つめながら、まだ感動している。

春太《はるた》はそのユニット名を最初に聞いたときに「なんじゃそりゃ」と思ったが、キラに押し切られてしまった。

せっかく苗字《みょうじ》を隠《かく》したのに、ユニット名に〝桜〟が含《ふく》まれているのも微妙《びみょう》だ。

ただ、晶穂《あきほ》はネイビーリーフと契約《けいやく》して、収録スタジオの利用料金や衣装《いしょう》代を出してもらった上に、青葉《あおば》キラにはボランティアで動画にも出演してもらっている。

感謝こそすれ、春太《はるた》が文句を言える筋合いではなかった。

本気で恥《は》ずかしがる春太《はるた》の意思は完全スルーで、早くも第一回の動画撮影《さつえい》が行われた。

仮編集された映像を持ち帰り、目が死んでいた雪季《ふゆ》に見せてやっているというわけだ。

春太《はるた》は、昨日の撮影《さつえい》を思い出す——

＊

青葉《あおば》キラの事務所〝ネイビーリーフ〟を訪ねてから一週間が過ぎた。

その一週間は——春太《はるた》にとってあまりにも濃密《のうみつ》だった。

「やればできるじゃん、ハル」

「そりゃ、あれだけ鬼《おに》のようにしごかれたらな……」

春太《はるた》は晶穂《あきほ》に、自分の左手を掲《かか》げてみせる。

指先に包帯を巻き、手首にも同じく包帯を巻いている。

「練習時間、絶対に五時間どころじゃなかったよな？」

「練習は延びるもんだよ。部活じゃないんだから、指がえぐれるまでやるのが普通《ふつう》だね」

「どこの常識だよ……」

晶穂《あきほ》はしれっと言っているが、春太《はるた》は大いに反論したかった。

晶穂《あきほ》は体育会顔負けの猛《もう》特訓を春太《はるた》に課し、徹底的《てっていてき》にベース演奏を叩《たた》き込《こ》んできた。

一曲のみに集中し、コード進行は初心者でも弾《ひ》きやすいようにかなり簡単にアレンジされていたらしいが——

楽器の経験どころか、音楽といえばゲームのサントラしか聴《き》いてこなかった春太《はるた》には悪夢だった。

「マジで楽器始めて一週間で収録させられるとは」

今日は、ネイビーリーフが契約《けいやく》しているスタジオでの動画収録だ。

設備のしっかりしたスタジオで、素人《しろうと》の春太《はるた》には気後《きおく》れがする。

楽曲の収録とはまた別で、いわゆるミュージックビデオのような映像を撮《と》るというわけだ。

「あたしのチャンネル、今が伸《の》びてる時期だからさ。次々に動画を出さないとね。結局、更新《こうしん》頻度《ひんど》が高くないと伸《の》びが止まるんだよ」

「そりゃわかってるんだがな」

春太《はるた》は、ベースの弾《ひ》きすぎで指の皮が剝《は》げ、あちこち血まみれになってしまった。

もちろん、家では雪季《ふゆ》に迷惑《めいわく》なので、朝と昼休みと放課後に、学校の軽音楽部の部室が練習場所となった。

いくら学校行事もなにもない時期とはいえ、休みなしでの猛《もう》練習の日々で——

「中学んときのバスケ部のほうがまだ優《やさ》しかった……」

「なぜ、中学のバスケ部よりあたしのほうが優《やさ》しいと思った？」

「偉《えら》そうに言うなよ！　自分で言うのもなんだが、善意で協力してるのに！」

「UCube《ユーキユーブ》活動で入った収益は、ハルと折半《せっぱん》するよ」

「……バイト休ませてもらったんで、美波《みなみ》さんが怒《いか》り狂《くる》ってるんだよな」

春太《はるた》のバイト先は、ゲームショップ〝ルシータ〟。

『ほー、サクは美波《みなみ》よりカノジョを取るわけか。可愛《かわい》がってきたのに、裏切られたね』

などと先輩《せんぱい》バイトの陽向美波《ひなたみなみ》は怒《おこ》っていたが、人がよすぎる店長は「音楽か、いいね。シフトはどうにでもするから頑張《がんば》って」と優《やさ》しく許可してくれた。

今となっては、美波《みなみ》にこき使われるほうがマシだったかもしれない。

「でも、ハルのベース、動画に使うのは無理だね。知り合いのベーシストに弾《ひ》いてもらうか、あたしが弾《ひ》くしかないなあ」

「俺の頑張《がんば》りはどこへ⁉」

指の負傷はともかく、間違《まちが》いなく美波《みなみ》にイジめられるというのに。

いろいろ犠牲《ぎせい》にした割に、報《むく》われなさすぎる。

「動き自体はサマになってたから、上出来すぎるくらいだよ。うん、指の動きもモタついてないし、いいんじゃない？」

晶穂《あきほ》は三脚《さんきゃく》を立てて設置していたミラーレス一眼を手に取り、付属の液晶《えきしょう》モニターでさきほど撮《と》った映像を再生している。

春太《はるた》も恐《おそ》る恐《おそ》る覗《のぞ》き込《こ》むと、晶穂《あきほ》の横でベースを奏《かな》でている自分の姿も見えた。

我ながら、ベースを始めて一週間のド素人《しろうと》とは思えない。

楽器を弾《ひ》いているフリだけして、実際に音を出さない演奏を〝アテフリ〟という。

春太《はるた》がやっていることは、まさにそのアテフリになるわけだ。

一度実際に演奏してみてから、晶穂《あきほ》が春太《はるた》の演奏が使えるか判断する——という前提ではあった。

どちらにしても、晶穂《あきほ》の〝指の動きと音が合ってないのは許せない〟というこだわりにより、春太《はるた》はきちんとコードを押さえて弾《ひ》いている。

「ちゃんと弾《ひ》いてるか気づく人なんて限られてんだから、やっぱあんま意味ないんじゃね？」

「あたしは気づくからダメなの」

「……芸術家か、おまえは」

「ロッカーだよ、あたしは。ホントなら、ハルにもきっちり音を出してもらいたいけど、そこは我慢《がまん》したんだから」

「…………」

春太《はるた》の指と美波《みなみ》の怒《いか》りと引《ひ》き換《か》えに撮影《さつえい》した映像は、晶穂《あきほ》にとっては妥協《だきょう》の産物らしい。

「まあまあ、私から観《み》てもこの映像はなかなか良《い》いと思うぞ」

ぽんぽんと春太《はるた》と晶穂《あきほ》の肩《かた》を叩《たた》いてきたのは、青葉《あおば》キラだった。

リズムユニット〝アオザクラ〟の相方だ。

もちろん、ユニット名はキラと春太《はるた》の苗字《みようじ》から取っている。

「思ったとおりだ。サクハルは、上背《うわぜい》があって姿勢がいいから画《え》になるな。ＡＫＩＨＯちゃんのバックとしては上出来すぎる」

「バック……いえ、そのために参加してるんですけどね」

もっと言えば、春太《はるた》とキラは晶穂《あきほ》の引き立て役だ。

だが、バンドらしい映像にしただけで、晶穂《あきほ》が何倍も輝《かがや》いて見える。

カメラ一つをポンと置いて撮影《さつえい》しただけでも、晶穂《あきほ》一人で撮《と》ってきた映像とまるで別物だった。

「サクハル、私と君で、徹底的《てっていてき》に引き立て役を頑張《がんば》ろう！」

「俺はともかく、青葉《あおば》さんは人気モデルなんでしょ。引き立て役って」

「確かに私は人気モデルで、普《ふ》通《つう》に歩いていてもオーラが出てしまって注目されてしまうが」

「いえ、俺、そこまで褒《ほ》め称《たた》えてませんが」

「オーラを消すこともできる。一流のモデルとなれば、存在感を調整することもできるんだ。服を目立たせたり、背景を目立たせたり、他のモデルを目立たせたりするためにな」

「バトル漫画《まんが》みてぇな特技ですね」

だが、実際に映像に映っているキラは、モデル雑誌の彼女とは別人のようだ。

どういうわけか、凄腕《すごうで》のドラマー感を漂《ただよ》わせている。

「私は引き立て役でいいんだ。AKIHOちゃんの動画がハネれば、事務所の利益になるわけだしな」

「それくらいはっきり言ってくれたほうが信用できますね」

キラはネイビーリーフの所属で、経営者の孫。

事務所の利益を考えるのは当然のことで、むしろ考えないとまずい。

「さて、AKIHOちゃん、さっそくで悪いが次いけるかな？」

「デカい音鳴らしていいなら、いくらでもいけます」

晶穂《あきほ》は、肩《かた》から提《さ》げたままだったエレキギターをジャジャーンと奏《かな》でた。

いくら晶穂《あきほ》が運動神経バツグンとはいえ、春太《はるた》よりタフということはないはず。

だが、明らかに春太《はるた》は五分ほどの動画撮影《さつえい》で疲労困憊《ひろうこんぱい》、晶穂《あきほ》はまだまだ弾《ひ》けそうだ。

晶穂《あきほ》は、先日の秋葉《あきは》の死、通夜《つや》から葬式《そうしき》までの数日の間もまるで疲《つか》れているようには見えなかった。

無理をしていたわけではなく、心臓に問題があっても体力は充分《じゅうぶん》らしい。

「AKIHOちゃん、今度は一人での撮影《さつえい》だから、ガンガン弾《はじ》けちゃってくれ。壁《かべ》や床《ゆか》は破壊《はかい》しないでくれると助かるが」

「あはは、あたしそこまでヤンチャじゃないですよ」

晶穂《あきほ》は笑って、ジャカジャカとギターを弾《ひ》き続ける。

さっき、春太《はるた》とキラとともに撮《と》った映像は、あくまでベースとなるもの。

ここからいろいろなシチュエーションで撮影《さつえい》し、合成し、編集して映像を組み上げていくのだ。

メインは晶穂《あきほ》だが、春太《はるた》も別シチュエーションでの撮影《さつえい》がまだ控《ひか》えている。

「ああ、サクハルもスマホでいいから撮《と》ってもらえるか？　音が入っても気にしないでいい。この撮影《さつえい》は映像だけ使うから」

「あ、はい。わかりました」

元々、春太《はるた》は晶穂《あきほ》の撮影《さつえい》スタッフも兼《か》ねていた。

事務所に所属していきなりスタッフから外されるのも悲しいので、参加できるのは嬉《うれ》しい。

「それじゃ、行きます。スリー、ツー、ワン！」

晶穂《あきほ》は勝手にカウントして、派手に跳《は》ね回《まわ》りながらギターを弾《ひ》き、ビリビリと部屋が震《ふる》えるほどの歌声を響《ひび》かせる。

あくまで映像のための撮影《さつえい》なので、実際に音を出す必要はないのだが、晶穂《あきほ》は本気で歌って
演奏しないと気が済まないらしい。

「ふーん、私はタレントのプライベートには干渉《かんしょう》しないんだが」

「え？」

春太《はるた》が晶穂《あきほ》にスマホを向けていると、キラが近寄ってきて耳打ちしてきた。

「なにかあったのかな。ＡＫＩＨＯちゃん、昨年までの動画とはまるで別人だ。一ヶ月も経《た》っ
てないのに、歌も演奏もレベルが大きく跳《は》ね上《あ》がってる」

「……そうかもですね」

さっきの撮影《さつえい》では、春太《はるた》は自分のことでいっぱいいっぱいだった。

だが、確かに今の晶穂《あきほ》は以前の彼女とはまるで違《ちが》う。

素人《しろうと》の耳でもわかるほど、ギターの音がイキイキとしていて、歌声も伸《の》びが凄《すさ》まじい。

「稀《まれ》にだがあるんだ、こういうこと。短期間のうちに一瞬《いっしゅん》で化ける。そういうことができる人
間は——ハネるんだ。いわば、選ばれた人間だよ」

「晶穂《あきほ》もそういう人間だって……ことですか？」

「そうじゃなければ、私はスカウトしないよ。なにがあったのか——いや、訊《き》かないが。化け
るきっかけは、いいこととは限らないからな」

「…………」

晶穂《あきほ》が変わるには充分《じゅうぶん》すぎるきっかけはあった。

春太《はるた》にはまだ、晶穂《あきほ》が変わったのかわからないし、変わったことがいいことなのかも判断がつかない。

だが確かに、叫《さけ》ぶように歌声を響《ひび》かせ、ギターを激しくかき鳴らす晶穂《あきほ》の姿には人の心を摑《つか》むものがあった。

少なくとも、春太《はるた》の心は晶穂《あきほ》にしっかりと摑《つか》まれてしまっている。

晶穂《あきほ》は着ていたパーカーを一気に脱《ぬ》ぎ捨《す》て、キャミソールとホットパンツという格好になって、さらに歌声を上げていく。

「もちろん、サクハルの妹さんをスカウトしたことも忘れてない」

「雪季《ふゆ》も、選ばれたんですか……？」

そう、昨年末のクリスマスパーティで雪季《ふゆ》もキラにモデルとしてスカウトされている。

今は受験があるので、話を受ける受けないもまだ先の話だが――

春太《はるた》は、自分の手に余る〝二人の妹〟を持ってしまったようだった。

＊

――と、晶穂《あきほ》の動画収録が昨日のこと。

春太《はるた》は、その動画を雪季《ふゆ》に見せてやっているわけだ。

「もしかして、ウチのお兄ちゃんって世界一かっこいいのでは？」

「……俺がベース弾《ひ》いて喜んでるの、世界で雪季《ふゆ》だけなんじゃね？」

「そうだとして、なにか問題が？」

「いや、ないけどさ……」

雪季《ふゆ》は、ここ最近は見られなかった満面の笑《え》みを浮《う》かべている。

秋葉《あきは》の死に、透子《とうこ》の一時帰郷、それに迫《せま》り来る受験本番――これで元気いっぱいなわけもないが、動画で少しでも元気づけられたならいい。

「ああ、私も撮影《さつえい》現場を見に行きたいです……」

「さすがに、今の時期はダメだからな？」

「わ、わかってます。私だって、そこまで馬鹿じゃないんですよ。だいぶ馬鹿ですけど、最近は少しは賢《かしこ》くなってきたんですから」

「そんなに馬鹿馬鹿と連呼しなくても」

雪季《ふゆ》が頑張《がんば》って勉強していることは、春太《はるた》が一番よく知っている。

それに、雪季《ふゆ》は勉強が大嫌《だいきら》いなだけで頭の回転は悪くない。

「でも、これは本当にかっこいいです。明日への活力が湧《わ》いてきます」

「そんなに活力が枯《か》れてたのか、雪季《ふゆ》」

「カラカラでした。もう一回観《み》ちゃいますね」

雪季《ふゆ》はPCのマウスを操作して、動画再生ソフトをクリックする。

晶穂《あきほ》と、その背後のベースとドラムの映像が流れ出す。

「そんなに何回も観《み》なくても。これ、ベースになる映像だからな？　これからグリーンバックで撮《と》ったり外ロケで撮《と》ったりして、合成しまくるんだぞ」

「動画が完成するの、まだ先なんですね。ああ、そんなに待てません……」

「できたら、すぐにもらってきてやるから」

「ありがとうございます！　でも、この映像も凄《すご》いですからね。今度は、落ち着いて観《み》てみます」

「そんなに興奮してたのかよ」

雪季《ふゆ》はこくりと頷《うなず》いて、じぃっと動画に見入っている。

五分足らずの動画でここまで妹が喜んでくれたのは、春太《はるた》としても嬉《うれ》しい。

「あ、あれ？」

「どうした、雪季《ふゆ》？」

「晶穂《あきほ》さん、かっこいい……」

雪季《ふゆ》は頬《ほお》を赤く染め、ぽわんとした顔で動画を眺《なが》めている。

落ち着いて観《み》たことで、春太《はるた》以外にも目が行くようになったらしい。

「晶穂《あきほ》お姉さま……」

「お姉さま⁉」

「もしかして、晶穂《あきほ》さんって世界一かっこいいのでは？」

「お兄ちゃんどこいった⁉」

この動画は晶穂《あきほ》が主役なので、雪季《ふゆ》のこの反応こそが望ましいのだが。

なんとなく、納得《なつとく》がいかない春太《はるた》だった。

「お姉さま、今日はまだ帰ってこないんですか？」

「……親父《おやじ》さんが帰ってて、話があるとかで、今日は月夜見家《つくよみけ》だ。あとで迎《むか》えに行ってくる」

それでも晶穂《あきほ》は、実家に泊《と》まるつもりはないらしい。

「ですけど、晶穂《あきほ》さん、本当にかっこいいですよね」

「ああ、そりゃな」

今回の撮影《さつえい》での晶穂《あきほ》の歌も演奏も、キレキレだったのは間違《まちが》いない。

先に気づいたのはキラだったが、春太《はるた》も現場で思わず見とれてしまったほどだ。

「やっぱり、お兄ちゃんが一緒《いっしょ》にいるとキレが違《ちが》ってくるんでしょうか？」

「は？」

雪季《ふゆ》はシークバーを操作して動画を早戻《はやもど》ししたり、一時停止したりしつつ、晶穂《あきほ》の姿を熱心に眺《なが》めている。

「いやいや、俺は足を引っ張らないように必死だったぞ。つーか、普通《ふつう》に足引っ張ってたし」

「お兄ちゃんと晶穂《あきほ》さん、凄《すご》く息が合ってますよ。1＋1が10になってるって感じです」

「青葉《あおば》さんもいるんだが……」

「キラお姉さんは、バンドやってたんじゃないですか？　お兄ちゃんと晶穂《あきほ》さんに上手《うま》く合わせてるって感じです」

意外に雪季《ふゆ》は、鋭《するど》いところがある。

実際、青葉《あおば》キラは高校時代にバンド経験があり、ドラムを叩《たた》いていたそうだ。

それもあって、ボランティアで晶穂《あきほ》の動画に協力してくれている。

「お兄ちゃんと晶穂《あきほ》さんの二人は違《ちが》うんですよ。特別って言ってもいいかもしれません」

「おい、雪季《ふゆ》……」

「やっぱり…………だからでしょうか」

「…………」

かすかに〝妹〟という言葉が聞こえたが、春太《はるた》は聞き直さなかった。

雪季《ふゆ》は〝妹をやめる〟〝春太《はるた》のカノジョになりたい〟と言っているが、妹のポジションを奪《うば》われることには複雑な思いがあるらしい。

「決めました、私」

「へ？」

「私も、キラお姉さんの事務所に、ネイビーリーフに入ります！　キラお姉さんも晶穂《あきほ》さんも越《こ》える大人気モデルになって、お兄ちゃんとの恋愛《れんあい》がバレて大炎上《だいえんじょう》して引退するまで頑張《がんば》ります！」

「遠い未来すぎる！」

雪季《ふゆ》の未来予想図はともかく、妹はこんなことで重大な決意を固めたらしい。

兄としては、もっと慎重《しんちょう》に決めてもらいたいところだが……。

「雪季《ふゆ》の決意に水を差すつもりはないけど、まずは受験だからな？」

「現実と戦うのつらいですね……」

あうう、と雪季《ふゆ》はPC前の椅子《いす》の上で悶《もだ》えている。

悠凜館《ゆうりんかん》の制服姿でミニスカートなので、悶《もだ》えて脚《あし》をバタバタさせるたびに、その奥の白いパンツが丸見えだ。

春太《はるた》には、親の顔より見た妹パンツだが、何度見ても刺激《しげき》的ではある。

「現実と戦うためにも、家でもタイツくらいはけ。風邪《かぜ》引くぞ」

「はぁい……頑張《がんば》ってニーソくらいははきます。膝《ひざ》掛けも毛布もしっかりかけておきます」

言われるまでもなく、雪季《ふゆ》は防寒対策はしっかりしている。

「あのぉ、お兄ちゃん」

かと思ったら、雪季《ふゆ》は椅子《いす》の上で正座した。

「私、一生に一度のお願いがあるんですけど……」

「一生に一度カード、ついこの前切ったばかりだよな？」

「この動画、私のスマホで観《み》られるようにって……？」

「……俺も撮影《さつえい》した素材は一通りもらえることになってるから。春太《はるた》監督《かんとく》バージョンの動画も編集しとくよ」

「やったあ！　さすがです、お兄ちゃん！」

がばっ、と雪季《ふゆ》が椅子《いす》から跳《と》び上《あ》がり、熱烈《ねつれつ》なハグをかましてくる。

自分メインの動画を編集するなどどんな羞恥《しゅうち》プレイだと思うが、ＵｃｕＢｅｒ《ユーキューバー》なら普通《ふつう》にやっていることでもある。

妹のモチベ維持《いじ》のためなら、やむをえまい。

久しぶりに抱《だ》く妹の身体《からだ》の柔《やわ》らかさを確かめながら、春太《はるた》もモチベが上がってくる。

「今の動画はスマホに送っておくが、観《み》るのはほどほどにな？」

「わかってます、勉強のノルマは遅《おく》れさせません。透子《とうこ》ちゃんの見張り付きですし」

「そうだったな」

春太《はるた》は笑って、雪季《ふゆ》の頭を撫《な》でてやる。

指を犠牲《ぎせい》にして、美波《みなみ》の怒《いか》りを買って、必死にベースを練習した甲斐《かい》はあったようだ。

第4話　妹は一回休みたい

「うう……す、すみません、お兄ちゃん」

「謝らなくていいから、ちゃんとあったかくして寝《ね》てろ」

春太《はるた》は掛《か》け布団《ぶとん》をぐいっと押し上げ、ぽんぽんと布団《ふとん》の上から雪季《ふゆ》の身体《からだ》を叩《たた》いてやる。

「ありがとうございます……まさか、このタイミングで風邪《かぜ》を引くなんて……油断しました」

「ここ何日か冷え込んだしなあ。油断してなくても、風邪《かぜ》の一つも引くだろ」

雪季《ふゆ》は本気で落ち込んでいるようなので、春太《はるた》は優《やさ》しく慰《なぐさ》めてやる。

わかりきっていたことだが、雪季《ふゆ》の身体《からだ》は寒さに弱い。

冬野《とうの》雪季《ふゆ》という〝正体を隠《かく》して生きている雪女〟のような名前でも、寒さの前では無力なのだ。

春太《はるた》は、雪季《ふゆ》の前髪《まえがみ》をかき上げて額に触《ふ》れてみる。

「うん……よかった、熱はそんなに上がってないな」

「あの、お兄ちゃん？　あまり私の近くにいると、うつっちゃいますよ？」

「一応マスクもしてるし、大丈夫《だいじょうぶ》だ」

春太《はるた》は口元のマスクを指し示す。

風邪《かぜ》で寝《ね》ているときにマスクを着けていると、乾燥《かんそう》を防いで喉《のど》の保護ができるというが、息苦しそうなので雪季《ふゆ》には着けさせていない。

「俺は風邪《かぜ》を引いても、毎度たいしたことはないしな」

「お兄ちゃん、いつも一日で治っちゃいますもんね……」

雪季《ふゆ》は場合によっては一週間も寝込《ねこ》むこともあったが、春太《はるた》は快復が早い。

春太《はるた》は元から体力があり、雪季《ふゆ》はスタミナに欠けるからだろうか。

「今回はちゃんと病院にも行ったし、雪季《ふゆ》もすぐに治るだろ」

今日の朝、起きてきた雪季《ふゆ》がゴホゴホと咳《せき》をしていて――春太《はるた》は一瞬《いっしゅん》も迷わなかった。

幸いなことに、たまたま父が出勤前だったこともあって。

仕事の鬼《おに》の父も娘《むすめ》の危機となれば話は別で、午前中は休みにして、車で雪季《ふゆ》を病院まで送ってくれた。

行き先は、秋葉《あきは》も入院していた星河《ほしかわ》総合病院。

これも幸いなことにインフルエンザではなく、風邪《かぜ》だと診断《しんだん》された。

父は雪季《ふゆ》を家に連れ帰ると仕事に出かけて行き、言うまでもなく春太《はるた》は学校をサボった。

受験を間近に控《ひか》えた妹の看病――学校を休む理由としては充分《じゅうぶん》すぎる。

「雪季《ふゆ》、なにかほしいものはあるか？　なんでも買ってくるぞ。それとも、なんかやってほしいことがあれば、なんでもやるぞ」

「ほしいものは……別にないです。食欲もありませんし、特にお願いも……」

「マジか。無理して食うことはねぇけど、水かスポドリくらいは飲んどけ。昼メシは米はあるから、おかゆをつくろう」

「はい……少しは食べないと治りませんよね……」

「わかってるならよし。あと、プリンかアイスでも買ってこよう」

「あ、それなら食べられるかもです……両方でもいいですよ……？」

「欲張りだな。でも、オッケーだ。生クリームカスタードプリンと、ストロベリークッキーアイスでいいよな」

「ふわぁ……お兄ちゃん、甘々です……」

「病気のときは当然だろ。ああ、水とスポドリ、持ってくる。眠《ねむ》くなくても目をつぶっとけ」

「はぁい……」

雪季《ふゆ》はこくりと頷《うなず》いて、布団《ふとん》をしっかりかぶって目を閉じた。

頑固《がんこ》な病人ほど厄介《やっかい》なものはないが、雪季《ふゆ》は素直《すなお》なので助かる。

春太《はるた》は静かにドアを閉めて、一階へと下りていく。

「あ、雪季《ふゆ》ちゃん、どうだった？」

「たいしたことはなさそう……って、なんでいるんだよ、晶穂《あきほ》？」

晶穂《あきほ》はパーカーに制服のミニスカートという格好で、リビングのソファに座っている。

「ずっといたよ。ハルが気づかなかったんだって」

「マジか……いや、もう冬休みじゃねぇぞ。なんで堂々とサボってんだよ」

「あたしも雪季《ふゆ》ちゃん、妹みたいな感じがしてるって言ったじゃん。妹が風邪《かぜ》で倒《たお》れてるのに、学校なんか行ってる場合じゃないって」

「普通《ふつう》、妹が風邪《かぜ》引いたくらいで学校サボらねぇよ」

「おかしいな、どの口がなにを言ってるのかな？」

「俺は普通《ふつう》のシスコンじゃない！」

「………」

馬鹿を見る目をされても、春太《はるた》は怯《ひる》まない。

「なんにしても、看病はあたしがするから」

「は？　晶穂《あきほ》が看病？　なんでだよ？」

「こういうときは、女子同士のほうがいいに決まってんじゃん。あたしも、たまにはお姉ちゃんぶりたいし」

「そんな理由かよ。雪季《ふゆ》は俺が男だろうが、なにも気にしないぞ」

春太《はるた》が着替《きが》えさせたり、身体《からだ》を拭《ふ》いてやったりしても、雪季《ふゆ》は全然かまわないだろう。

「それは前の話でしょ。ハルのカノジョに立候補してる今は、もうただの可愛《かわい》い妹じゃないんだよ？」

「…………どうなんだろう」

春太《はるた》と雪季《ふゆ》は、以前のようなスキンシップはまったくしていない。

たまに頬《ほお》にキスされる程度、ハグをする程度だ。

ある意味、普通《ふつう》の兄妹《きょうだい》になってしまったかのようだ。

「でもおまえ、放課後は動画の撮影《さつえい》が……」

「今日明日は休み。おいおい、動揺《どうよう》してんの？　ハルも知ってたでしょ？」

「あ、そうだった」

撮影《さつえい》はスタジオの予約や、キラのスケジュールの問題で毎日とはいかない。

「それにあたし、お母さんの看病もたまにしてたんだよね。あの人、魔女《まじょ》のくせにたまに調子を崩《くず》してたから」

「……大丈夫《だいじょうぶ》なのか？」

「看病してあげたいの」

「そうか……」

秋葉《あきは》の話を持ち出されると、春太《はるた》としても逆らいにくい。

それに、晶穂《あきほ》の言うことにも一理ある。

看病してもらうなら、同性のほうがよさそうなのもそのとおりだ。

雪季《ふゆ》ももう、晶穂《あきほ》にはすっかり心を許している。

春太《はるた》を巡《めぐ》る争いとは別で、もしかすると本気で姉のように感じているのかもしれない。

そうでなければ、いくら秋葉《あきは》の件があったといっても、雪季《ふゆ》があっさりと晶穂《あきほ》との同居を受け入れていないだろう。

「じゃあ、頼《たの》む。まず水とスポドリを持っていってくれ。雪季《ふゆ》、食欲ないらしいが、少しだけでも食わせてくれ。食後はちゃんと薬を飲むように。あいつ、けっこう汗《あせ》っかきだから小まめに着替《きが》えさせてやってくれ。あと、寒がるようならクローゼットに毛布がもう一枚――」

「はいはい、看病のやり方なら心得てるから。わかんないことあったら、ハルに訊《き》くし」

「……そうしてくれ」

春太《はるた》は頷《うなず》いた。

もしかすると、晶穂《あきほ》は今はなんでもやりたいのかもしれない。

ライブ動画を配信し、青葉《あおば》キラのネイビーリーフに所属して本格的な動画投稿《とうこう》を行い、毎日熱心に作曲も行っている。

UCube《ユーキユーブ》活動が休みなら、看病でもなんでもして、身体《からだ》を動かしていたいのだろう。

さらに推測するなら、病気で母を失ったばかりで、病気の人間を放っておけないのかもしれない。

「ふー、これで堂々と学校休めるね。次の曲をつくりたいのに、学校だと先生がうるさくてメロディが浮《う》かんでこないんだよね」

「……おまえ、雪季《ふゆ》から目を離《はな》すなよ？」

「わかってるって。ちゃんと距離《きょり》取ってマスクして、〝看病したほうにうつりました〟なんてオチにならないようにするから」

晶穂《あきほ》は笑って、ひらひらと手を振《ふ》った。

「別に、風邪《かぜ》の一つや二つ引いたって致命傷になるわけでもないしね」

「……そうか」

風邪《かぜ》で心臓に大きな影響《えいきょう》が出るわけではないらしい。

「ハルは、この前の動画の編集、頑張《がんば》ってね」

「え？　学校行けって話じゃねぇのか？」

「ネイビーリーフが手配した人の編集データ観《み》たけど、なんていうかテンポというかリズムというか、違《ちが》うんだよね。視聴《しちょう》者もそういうの、意外と気づくから。ハル、よろ♡」

「………………」

春太《はるた》は雪季《ふゆ》の看病から外されても、仕事がなくなるわけではないらしい。

むしろ、看病よりも重労働を押しつけられたのかもしれなかった。

晶穂《あきほ》はきっちりマスクを着け、雪季《ふゆ》の部屋に入った。

雪季《ふゆ》はおとなしくベッドに寝《ね》ていたが起きていて、ちらりと晶穂《あきほ》のほうを見た。

「……晶穂《あきほ》さん、黒いマスク似合いますね」

「まあ、たまに地雷《じらい》系っぽいとは言われる。椅子《いす》、借りるね」

晶穂《あきほ》は、水とスポーツドリンクのボトルをローテーブルに置いた。

それから、勉強机前の椅子《いす》を引き寄せ、ベッドから距離《きょり》を取って座る。

「晶穂《あきほ》さん、ついていなくてもいいですよ。なにかあったら、LINEでもしますから」

「ずっといるわけじゃないよ。それじゃ寝《ね》られないだろうし。一応、様子を見ておきたくてね。どう？」

「せっかく勉強をお休みできるので、たっぷり寝《ね》たいですけど、あまり眠《ねむ》くないです」

「まだ午前中だしね。なんかしてほしいこと、ある？」

「特にないですけど……なにかお話ししていいですか？」

「地雷《じらい》系ファッションについてでも話す？　雪季《ふゆ》ちゃん、洋服好きだしね」

「あー……晶穂《あきほ》さんのコーディネートしたいですね。いつもパーカーじゃないですか。たまには思い切ってフリフリのワンピとか」

「あたし、頭がどうかしたと思われない？」

晶穂《あきほ》は学校でも私服でも、暑いときも寒いときもパーカー姿ばかりだ。

こだわりがあるわけではなく、パーカーが楽だというだけだ。

「晶穂《あきほ》さん、甘《あま》ロリとか似合いそうです」

「うっそ、マジ？　キャラ的には真逆なのに」

「私はまったく似合わないんですよね……」

「雪季《ふゆ》ちゃん、大人っぽいからじゃない？」

「うう、いろんな服を着たいんですが、身長が高いせいで似合わない服が多くて」

「チビにはチビの悩《なや》みもあるんだよ。あたしなんて背ぇ小さくて、胸だけむやみにデカいから、Sサイズも意外と合わないし」

実のところ、晶穂《あきほ》にはファッションの悩《なや》みは共感しづらい。

ロック女として恥《は》ずかしくないイキった服装であれば、それ以上のこだわりはない。

「ん？　あれ、全然気づかなかった」

「なんですか、晶穂《あきほ》さん？」

「雪季《ふゆ》ちゃん、生《は》え際《ぎわ》が黒くなってきてんね。髪《かみ》、染めてないの？」

「うっ、バレましたか……！」

普段《ふだん》、晶穂《あきほ》は雪季《ふゆ》を見上げているので、髪《かみ》の生《は》え際《ぎわ》には気づきにくい。

だが、明らかに茶髪《ちゃぱつ》に黒がまじってプリンになってきている。

「水流川《ミナジョ》女子、一応面接もあるらしいんですよ。校則は緩《ゆる》い学校だそうですが、さすがに面接では黒髪《くろかみ》じゃないとまずいって……」

「そりゃ、まずいだろうね。そういやあたし、黒髪雪季《くろかみふゆ》ちゃん、生で見たことないや」

「うう――……黒髪雪季《くろかみふゆ》ちゃん、もう二度と登場させたくなかったのに」

このオシャレ大好きJCには、染めていない髪《かみ》は屈辱《くつじょく》らしい。

「あたしは、もっと地雷《じらい》系目指すか。キラさんの銀メッシュ、かっこいいじゃん？　あたしもあれくらい、がっつりピンクメッシュ入れちゃおうかな」

「停学待ったなしです、晶穂《あきほ》さん」

「でも、停学くらったほうがロックじゃない？」

「晶穂《あきほ》さん、なんでもロックで済ませるの、本当によくないと思います……」

「病人にガチ説教くらっちゃったよ」

晶穂《あきほ》は椅子《いす》の上であぐらをかき、肩《かた》をすくめてみせる。

だが、髪《かみ》をもっと派手にする計画は本気で進行中だ。

停学になるつもりはないので、教師が見逃《みのが》してくれるギリギリの線を狙《ねら》うつもりでいる。

春太《はるた》も驚《おどろ》いて得意のツッコミを入れてくれるだろうから、それも楽しみだ。

「ほら、人気UCuber《ユーキューバー》って髪《かみ》染めてる人、多くない？　やっぱ、目立ってなんぼの世界ではあるんだよね」

「晶穂《あきほ》さん可愛《かわい》いし、おっぱいも大きいし、既《すで》に目立ちすぎるくらいだと思いますけど……」

「その台詞《せりふ》、そっくりそのまま返そう」

雪季《ふゆ》の胸も、晶穂《あきほ》ほどではないにしろ、中学三年生としては立派すぎるほどだ。

たとえ黒髪《くろかみ》に戻《もど》っても、雪季《ふゆ》が目立ちすぎる美少女であることに変わりはない。

「ま、女子高生UCuber《ユーキユーバー》ってブランドを使えるのも、あと二年ちょいだし。急がないとね」

「私も、女子高生モデルでデビューしますよ……」

「モデルは中学からやってる子も多いけどね」

「……晶穂《あきほ》さん、モデルはやるんですか？」

「キラさんには誘《さそ》われてるし、UCube《ユーキユーブ》への導線としてはアリかなと思ってる。でも、こんなチビでいいのかな。あと、胸デカいし。モデルってあんま胸デカいのもダメじゃない？」

「実は胸が大きいのを自慢《じまん》しすぎに揺《ゆ》らしてません？」

「まあ、動画では必要以上に揺らしてるよ」

本当は胸を強調するのは恥《は》ずかしいが、晶穂《あきほ》のUCube《ユーキユーブ》活動は周りが思っている以上に真剣《しんけん》だ。

晶穂《あきほ》が愛する音楽を表現する場として、UCube《ユーキユーブ》以上のプラットフォームは存在しない。

胸を揺《ゆ》らすだけでチャンネル登録者が一人でも増えるなら、ためらう理由はない。

「っと、マジでしゃべりすぎたね。話してると体力消耗《しょうもう》しそうだし、あたしは下にいるよ。なんかあったら、遠慮《えんりょ》なくね」

晶穂《あきほ》は椅子《いす》から下りて、立ち上がった。

一応、雪季《ふゆ》の額に手を当ててみる。

「うーん……熱いね。熱、上がってるかも。一応、測ってみる？」

「薬も飲みましたし、熱が上がっててもできることありませんから。でも……お兄ちゃんも、私が風邪《かぜ》を引くと、しょっちゅう熱を気にしてくれました」

「今日の看病はハルじゃなくて悪いね。あいつ、ベースの練習頑張《がんば》りすぎて、ちょっと弱ってるから。免疫《めんえき》落ちてると風邪《かぜ》引きやすいから、あいつは隔離《かくり》だ」

「それ、お兄ちゃんに言ってないでしょう？　晶穂《あきほ》さん、優《やさ》しいのに、お兄ちゃん気づいてないかもです」

「晶穂《あきほ》さんはクールでつかみ所のない女なんだよ」

冗談《じょうだん》ではなく、晶穂《あきほ》はあまり春太《はるた》にベタベタするつもりはない。

彼が兄であっても、素直《すなお》に甘えるなど自分らしくないと思う。

「でも、私もお兄ちゃんに看病してもらったことってあまりないんですよ」

「へぇ、冷酷《れいこく》なトコあるじゃん、あいつ」

「いいえ、同じ部屋だったので、どちらかが風邪《かぜ》を引いたらもう一人も倒《たお》れてました」

「なるほど」

桜羽《さくらば》兄妹《きょうだい》——春太《はるた》と雪季《ふゆ》が兄妹《きょうだい》だと信じて疑っていなかった頃《ころ》は、高校生と中学生でありながら、同じ部屋で生活していた。

晶穂《あきほ》もその話は知っているし、なかなか珍《めず》しいとは思うが、そういうデメリットがあったようだ。

「ですから、ママがお仕事休んで看病——」

「気にしなくていいよ、雪季《ふゆ》ちゃん」

晶穂《あきほ》は口ごもった雪季《ふゆ》に苦笑《くしょう》して、彼女の頭を軽く撫《な》でる。

「あたしもう、悲しみを乗《の》り越《こ》えたから」

「の、乗《の》り越《こ》えるの、早くありませんか……？」

「女子高生って、いつまでも落ち込んでるほど暇《ひま》じゃないんだよね。たった三年しかないＪＫ生活、落ち込んで暮らすのはもったいないでしょ？」

「……私、お兄ちゃんと離《はな》ればなれになって何ヶ月もふて腐《くさ》れて過ごしちゃいました。透子《とうこ》ちゃんとも会えたので結果オーライですけど、もっと楽しめばよかったとも思います」

「でしょ、人生ってヤツは、落ち込んだりふて腐《くさ》れて過ごしていいほど長くもないからね」

晶穂《あきほ》はにっこり笑い、今度は雪季《ふゆ》のぷにぷにした頰《ほお》を軽く撫《な》でる。

なにがあっても、落ち込んでる暇《ひま》はない。

ポリシーとか哲学《てつがく》なんて大げさなものではなくとも、それが晶穂《あきほ》の生き方だ。

母が若くして死んだから——というわけではない。

自分の心臓に問題があるからでもない。

ただ、十六年ほど生きてきて、普通《ふつう》に辿《たど》り着《つ》いた境地というだけだ。

月夜見晶穂《つくよみあきほ》の人生は、平凡《へいぼん》な考えのままでいられるほど甘くないからだろう——

「晶穂《あきほ》さんからのありがたい忠告が出たところで、今度こそ失礼するよ。呼んでくれたら、いつでも看病しにくるからね」

「あの、晶穂《あきほ》さん。一つだけお願いがあるんですけど……」

「おっ、嬉《うれ》しい。なんでも言っちゃって」

「私、この前のクリスマスからハマってるんです……」

「へ？　ハマってる？」

「ナースコスプレで看病してもらえませんか？　そしたら元気出るかもです……」

「……トンキでコスプレセット買ってくるよ」

さすが雪季《ふゆ》ちゃん、意表をついてくる。

晶穂《あきほ》は本気で感心しつつ、今度こそ部屋を出た。

別に風邪《かぜ》がうつってもかまわないし、それで心臓がどうにかなるものでもない。

春太《はるた》は過剰《かじょう》に心配しているが、晶穂《あきほ》は自分を心配しすぎないように心がけている。

今のところ、身体《からだ》には小さな不調すら起きたことがない。

高校生の頃《ころ》に〝LAST LEAF《ラスト・リーフ》〟などと思《おも》い詰《つ》めたようなユニット名をつけて、春太《はるた》の実母と音楽活動をしていた母とは違《ちが》う。

晶穂《あきほ》は自分がすぐに死ぬとは思っていないし、悲劇に酔《よ》うつもりもなかった。

むしろ、そんなことを気にせず、陽キャ女子高生らしくやりたいことをやって、好きに生きてやろうと思っている。

今は、UCube《ユーキューブ》活動と、雪季《ふゆ》の受験が最優先だ。


どうにも落ち着かない気分だった。

二階で妹が風邪《かぜ》で苦しんでいると思うと冷静でいられるわけもない。

だが、春太《はるた》には晶穂《あきほ》に押しつけられ――託《たく》された仕事がある。

現在、春太《はるた》は一階リビングのデスクトップPCを使って編集作業中だ。

「うーん、このデスクトップでもけっこう遅《おそ》いなあ……」

動画編集ソフトを立ち上げ、映像データの切《き》り貼《ば》り、音声の調整などを行っている。

編集しているのは、もちろん晶穂《あきほ》の動画だ。

スタジオやロケで撮影《さつえい》したデータは一通りクラウドに放り込まれていて、春太《はるた》もアクセス権限《あた》を与えられている。

青葉《あおば》キラに連絡《れんらく》を取ると、彼女も編集を春太《はるた》に任せることに同意してくれた。

契約《けいやく》はしたが、動画制作についてはネイビーリーフがAKIHOチャンネルに〝協力する〟という形なので、晶穂《あきほ》の意向が最優先になっているらしい。

果たして、晶穂《あきほ》の意向を最優先していいのか……徹底的《てっていてき》に振《ふ》り回《まわ》されるのではと、春太《はるた》は若干不安《じゃっかん》だが。

「さすがにプロが絡《から》んでくると、素材からして違《ちが》うな」

既《すで》に一つ目のPVの撮影《さつえい》は終わっていて、スタジオ撮影《さつえい》が二回、ロケが一回。

予算は少額なので豪華《ごうか》なセットなどが組まれたわけではないが、機材はプロ仕様のものを使っているため、画《え》も音も春太《はるた》たちが撮《と》ってきたものより格段にいい。

ただ、高画質、高音質な分、データが重い。

重いデータを扱《あつか》うにはPCのCPU、メモリ、ストレージ、グラフィックボードと高性能が必要になってくる。

「これ、けっこういいPCだったのに、そろそろ古くなってきたか……」

春太《はるた》はマウスから手を放して、ため息をつく。

二階を見上げ、もう一度ため息。

やはり雪季《ふゆ》の様子が気になるが、様子を見に行って寝《ね》ているところを起こしても悪い。

さっき、晶穂《あきほ》は「買い物をしてくる」と出て行った。

なぜか、「三千円出せ」とわけもなく金を巻き上げられたが……。

「そろそろ昼か……おかゆをつくってみるか」

少しでも家事をやっておいて本当によかったと思う。

以前の春太《はるた》では、米を普通《ふつう》に炊《た》くのが精一杯《せいいっぱい》で、おかゆをつくれなどと応用問題を突《つ》きつけられたら困っていただろう。

春太《はるた》はマウスを握《にぎ》り直し、病人向けのレシピをネット検索《けんさく》しようと――

「ん？」

ピンポーンとチャイムが鳴り、春太《はるた》はインターホンへと向かう。

7インチのカラー液晶《えきしょう》に映っているのは――

『お待たせしましたご主人様、デリバリーメイドでーす！』

「……………」

春太《はるた》はインターホンを切って、俊足《しゅんそく》で廊下《ろうか》を走り、玄関《げんかん》を勢いよく開いた。

「もうー、そんながっつかんでも。あ、チェンジは無しですよ、ご主人様♡」

「ふざっけんなよ、氷川《ひかわ》！」

「あれ、涼風《すずか》って呼んでくれるはずやん？」

慎《つつ》ましい桜羽《さくらば》家《け》の玄関《げんかん》に、メイドさんが立っていた。

髪《かみ》は金に近い茶髪《ちゃぱつ》のツインテールで、整った顔立ち。

昔ながらのクラシックな黒ワンピース、白いエプロンで、スカート丈《たけ》はミニ。

この寒いのに、白い太ももを惜《お》しげもなく晒《さら》している。

腕《うで》にコートを引っかけていて、さすがにメイド服でここまで来たわけではなさそうだが――

わざわざ、チャイムを鳴らす前にコートを脱《ぬ》いだようだ。

「いいから、中に入れ！　桜羽家《さくらばけ》が近所の噂《うわさ》になる！」

「大丈夫《だいじょうぶ》やない？　サクラくんが重度のシスコンってことはご近所さんもご存じやろ」

「俺が宗旨《しゅうし》替《が》えしたと思われる！」

春太《はるた》は慌《あわ》てて涼風《すずか》の手首を摑《つか》み、家へと引っ張り込んだ。

長々と、自宅前でメイドと押し問答《もんどう》をしたくない。

「まー、サクラくんもお年頃《としごろ》やし、メイドをデリバリーすることもあるやろ」

「ねぇよ。なんだ、イヤガラセに来たのか？」

春太《はるた》は涼風《すずか》をリビングまで連れてきて、ソファに座らせた。

自宅の見慣れたソファにメイドが座っているというのは、おかしな気分だった。

「朝っぱらから、流琉《るる》が『ふーたんが倒《たお》れたー！』って騒《さわ》いどったんよ」

涼風《すずか》の妹、氷川流琉《ひかわるる》は雪季《ふゆ》の親友だ。

雪季《ふゆ》はＬＩＮＥで、流琉《るる》やもう一人の友人、冷泉《れいぜん》に連絡《れんらく》したのだろう。

「そこで、優《やさ》しいお姉さまが妹に代わって、ふーちゃんのお見舞《みま》いに行こかと思って」

「今日、ド平日なんだが？　おまえ、わざわざそのために学校休んだのか？」

中学時代の涼風《すずか》は成績優秀《ゆうしゅう》で、学校でも問題を起こすタイプではなかった。

だが、高校に入って髪《かみ》を派手に染めたり、いきなりメイド化したりと、行動パターンに変化が見られる。

「ウチの学校は今日休みなんよ。昨日、実力テストで今日休み。ええタイミングや」

「変な学校だな。まあ、休みなら涼風《すずか》がなにをやっても――って、メイド服でウチに来たのはイヤガラセだよな？」

「ふーちゃんが風邪《かぜ》引いて落ち込んどるかと思って、可愛《かわい》いメイドさんで来ただけやって」

「……嘘《うそ》くせぇ。ああ、涼風《すずか》、おまえ料理できるんだよな？」

「サンドイッチばっかりつくっとるわけやないで。基本的な料理はだいたいできるわ。得意料理は子羊のエストラゴン風味や」

「それ、基本的な料理か？」

もちろん、春太《はるた》は涼風《すずか》が適当にしゃべっていることはわかっている。

「で、今カノちゃんも居候《いそうろう》しとるんやろ？　どこ？」

「元カノちゃんがいるみたいに言うな。今、買い物行ってるよ」

「ああ、そしたら子羊のお肉買《こ》うてきてもらおかな」

「その辺に売ってるもんなのか、それ？」

適当に言っているとわかっていても、ツッコミを入れずにいられない春太《はるた》だった。

「ところで、ふーちゃんの様子はどうなん？」

「それを一番先に訊《き》けよ。晶穂《あきほ》が出かけたときには寝《ね》てたから、まだ起きてないだろ」

晶穂《あきほ》の話では、雪季《ふゆ》は眠《ねむ》れないと言っていたらしいが、意外にあっさり眠《ねむ》れたらしい。

風邪《かぜ》を引いたときは、睡眠《すいみん》を取るのが一番だ。

「そこまでたいした風邪《かぜ》でもなさそうだ。ちょっとほっとした」

「まあ、そうやろうな。ひどい風邪《かぜ》やったら、ふーちゃんがなんと言おうがサクラくんが看病してないわけないわ」

「当然だな」

熱もさほどではなく、咳《せき》が多少出ているくらいだ。

春太《はるた》は早ければ明日、長くて三日くらいで完治すると踏《ふ》んでいる。

「ふーちゃん、素直《すなお》やし、ひどかったら我慢《がまん》せずに言うやろうな」

「子供の頃《ころ》は、甘えたくて逆に症状《しょうじょう》を盛ってたからな」

「あるあるやねえ。ウチの流琉《るる》なんか、無理して学校行こうとするから厄介《やっかい》やったわ。あいつ、あれで真面目なんよ」

「知ってるよ、さすがに」

涼風《すずか》の妹の流琉《るる》は、春太《はるた》にとっては中学の後輩《こうはい》だ。

なぜか中三女子の知り合いが多い春太《はるた》だが、なにも考えずに付き合えるという意味で、氷川《ひかわ》妹が一番気安い後輩《こうはい》かもしれない。

「おっと、妹自慢《じまん》しとる場合やないね。ふーちゃん、おかゆは食べられるやろ？　私がつくるわ」

「お、その話だった。それは助かる。頼《たの》む、美味《うま》いのつくってやってくれ」

「ふーちゃんのためなら、ためらいなく元カノにも頼《たよ》ってくるやん。まあ、任せといてや。ついでに、サクラくんと今カノちゃんのお昼もつくったるわ」

春太《はるた》は涼風《すずか》のメイド服に気を取られて気づいていなかったが、このメイドは買い物もしてきてくれたようだ。

大きなエコバッグを持ってきている。

春太《はるた》は一応、晶穂《あきほ》に「昼メシはウチにある」とＬＩＮＥして、涼風《すずか》に調理を完全にお任せする。

「じゃ、キッチン借りるわ」

涼風《すずか》はそう言うと、キッチンで作業を始めた。

春太《はるた》も手伝いたいところだが、どう考えても邪魔《じゃま》になるので、キッチンの椅子《いす》に座って待つことにした。

涼風《すずか》はカフェで調理も手伝っているだけあって、手際《てぎわ》も鮮《あざ》やかなものだ。

「どうや、サクラくん？」

「え？　どうやって？」

「今日はミニスカで来たんやし、そろそろスカートめくってみたくなったんちゃう？」

「なるか！　いつもロンスカなのにわざわざ別のメイド服着てくるなよ！」

涼風《すずか》は春太《はるた》に背中を向けたままわざとらしく軽く屈《かが》み、スカートの裾《すそ》が持ち上がって。

かなり際《きわ》どいところまで——いや、尻《しり》がわずかに見えている。

「お店でミニスカメイドはなあ。常連のおっちゃんたち、ロンスカでも看板娘《かんばんむすめ》をいやらしい目で見てくるんよ」

「その常連たち、出禁にしたほうがいいんじゃね？」

RULUは美味《おい》しいコーヒーと軽食のカフェで、メイドさんを観賞するお店ではない。

だが、涼風《すずか》は外見的には文句のつけようのない美少女なので、見られることも仕方ない——というより、メイド喫茶《きっさ》でもないのに涼風《すずか》がメイド服を着ているのは、彼女目当ての客を増やす狙《ねら》いがあるに決まっている。

「よっし、おかゆさんできたわ〜。ネギを少しだけ入れて、卵も落としてみたわ。症状《しょうじょう》軽いんやったらちゃんと食べて、栄養とらんとな」

「おお、いいな。雪季《ふゆ》、卵好きだから食べられるだろ。マジで助かる、ありがとうな、涼風《すずか》」

「うっ……さ、桜羽《さくらば》くんにそんな素直《すなお》に礼言われたの、初めてかもしらん……」

「…………」

涼風《すずか》は珍《めずら》しく本気で動揺《どうよう》しているようで、出会ったばかりの頃《ころ》の呼び方に戻《もど》っている。

「ほう……ハル、なかなかやるね。今カノが出かけた隙《すき》に元カノを引っ張り込んでご主人様プレイとは」

「あ、晶穂《あきほ》っ⁉」

「あら、今カノちゃんやん」

いつの間にかリビングのドアが開いて、晶穂《あきほ》が入ってきていた。

晶穂《あきほ》には家の合鍵《あいかぎ》を渡《わた》しているので、入ってこられても不思議はないのだが——

「晶穂《あきほ》……おまえ、ふざけてんのか？」

「おいおい、見損《みそこ》なっちゃ困るよ、ハル。あたしがふざけるならもっと全力でやるよ！」

「ええキャラしてんなあ、今カノちゃん」

桜羽《さくらば》家《け》のリビングが、一気に非日常へと変貌《へんぼう》した。

金髪《きんぱつ》ツインテールのミニスカメイドに加えて——

「どう、ハル？　やっぱ看病するなら形から入らないと」

そう言う今カノ、晶穂《あきほ》は白いワンピースタイプのミニスカナース服姿だった。

ご丁寧《ていねい》に、最近はあまり見なくなったナースキャップまでかぶっている。

ナース服は身体《からだ》に密着しているので、晶穂《あきほ》の二つの大きなふくらみが強調され、短いスカートから伸《の》びる脚《あし》は白いニーソックスまではいている。

「おまえな……看病はマジでやれよ」

「その看病する相手がナース服をご所望《しょもう》なんだよ、マジで」

「……それで三千円巻き上げていったのか」

春太《はるた》は一瞬《いっしゅん》ですべてを察した。

愛するあの妹なら、風邪《かぜ》で倒《たお》れているときでもそんなお願いをやりかねない。

「トンキのコスプレ衣装《いしょう》、値段の割に物はいいね。あ、ナースコスで歌うのもいいかも？」

「昔の有名なPVでそんなんあったぞ、確か」

「ハル、変なこと知ってんね。動画のアイデアは常時募集《ぼしゅう》するとして、今日は元カノとイチャついてていいから、雪季《ふゆ》ちゃんはあたしに任せといて」

「……いらんこと言わずに済ませられないのか、おまえは」

春太《はるた》のツッコミに、晶穂《あきほ》は手を振《ふ》り、メイドが用意したおかゆをトレイに載《の》せて運んでいった。

「今カノちゃん、寛大《かんだい》すぎん？　カレシが元カノと二人きりで、しかも元カノはこんなカッコで挑発《ちょうはつ》しとんのに許可すんの？」

「やっぱり挑発《ちょうはつ》してたのかよ」

涼風《すずか》はミニスカの裾《すそ》をつまんで、ひらひらと振《ふ》っている。

一瞬《いっしゅん》だけちらっと、水色と白の縞《しま》模様のなにかが見えたが、春太《はるた》は見なかったことにする。

「晶穂《あきほ》が寛大《かんだい》なんじゃなくて、俺が信用あるって説はどうだ？」

「私が人生で聞いた中で、一番笑えん冗談《じょうだん》やわ」

「……俺もそう思う」

春太《はるた》自身は、雪季《ふゆ》と晶穂《あきほ》──二人の間に挟《はさ》まれている自覚はあるが。

周りから見れば、霜月透子《しもつきとうこ》に冷泉素子《れいぜんもとこ》、あるいは陽向美波《ひなたみなみ》にも春太《はるた》がちょっかいをかけているように思えるかもしれない。

場合によっては、元カノ──元カノではないが、氷川涼風《ひかわすずか》にまで。

それで信用を得ようというのが無理のある話だった。

「でも、真面目な話、変わっとるわ、今カノちゃん。そんでも、よかったな、サクラくん」

「なにが？」

「あの子、お母さん亡《な》くしたばっかりなんやろ？　少なくとも、見た目は立ち直っとるみたいやん」

「ああ……立ち直ってればいいってもんでもねぇけどな」

実際、母の死から立ち直るには早すぎる。

晶穂《あきほ》が無理をしているのは明らかだ。

「ホンマ、君も難儀《なんぎ》な人生送っとるなあ。コーヒー付きで相談に乗る話はまだ生きとるから、いつでもRULUに来て売り上げに協力してや」

「コーヒーがおごりじゃなくなってるぞ」

関西出身の商売人はガメつい、というのはむろん偏見《へんけん》だろう。

だが、氷川涼風《ひかわすずか》に対しては油断してはいけない。

もっとも、このメイドを春太《はるた》は意外と信用してはいるのだが——


「わっ……！　ホ、ホントにナースコスプレです……！」

「雪季《ふゆ》ちゃんがやれって言ったんだよね？」

晶穂《あきほ》がおかゆを持って雪季《ふゆ》の部屋に入ると、彼女は起きてぼんやりスマホを見ていた。

一度は寝付《ねつ》いたものの、熱のせいで上手《うま》く眠《ねむ》れず起きてしまったらしい。

まさか、晶穂《あきほ》が要望に応えてくれるとは思っていなかったようで、がばりと起き上がって目を見開いている。

「どう？　トンキのお買い得コスだけど、意外にいいよね」

「いいですね……私も着てみたいです……私だと、白衣とタイトスカートみたいなほうが似合うでしょうか？」

「〝女医さん〟コスプレね。雪季《ふゆ》ちゃんはそっちかな。今度、衣装《いしょう》あわせて写真撮《と》ろっか」

「わぁい……夢が広がります。お兄ちゃんに患者《かんじゃ》さんをお願いしましょう」

風邪《かぜ》で弱っていても、夢は描《えが》けるらしい。

春太《はるた》も流《なが》れ弾《だま》をくらっていて、もはやお医者さんゴッコになりそうだ。

「そうそう、治って受験終わったらやることはいくらでもあるね。まずはご飯食べようか」

晶穂《あきほ》は、ベッドに座る雪季《ふゆ》の膝《ひざ》におかゆのお椀《わん》が載《の》ったトレイを置いた。

デリバリーメイドのお手製であることも説明する。

「はあ、涼風《すずか》お姉さんが来てくれたんですか……」

「うん、メイド服着ていらっしゃってたよ。今日はミニスカメイドだった」

「マジですか……！　わ、私も見たい……」

「はい、ダメダメ。写真撮《と》っといてあげるから、それで我慢《がまん》して」

「はぁい……」

雪季《ふゆ》は、先日もクリスマスパーティでメイド服を着ていたし、本当にコスプレに興味があるようだ。

元々オシャレ好きで、服には人一倍の関心があるので、当然の流れかもしれない。

こんな美少女にコスプレ要素がプラスされたら、春太《はるた》は喜ぶとともに困惑するだろう。

晶穂《あきほ》は、内心でクックックと邪悪《じゃあく》な笑《え》みを浮《う》かべていた。

春太《はるた》の困っている姿は、晶穂《あきほ》にとって大切な心の栄養だった。

「おっと、冷めないうちに食べて」

「わあ、卵乗ってます……さすが涼風《すずか》お姉さん、卵の乗せ方一つとってもお見事ですね」

おかゆは熱い湯気が立っていて、卵はまだ固まっていない。

「梅干しも付いてるのが嬉《うれ》しいですね。これ、RULUの自家製だと思います」

「あのカフェ、梅干しなんて出してんの？」

晶穂《あきほ》は、RULUにはクリスマスパーティで一度行っただけだ。

クラシックな店構えで、コーヒーや料理も美味《おい》しく、晶穂《あきほ》の好みの店だったが、梅干しはイメージに合わない。

「元々、ひーちゃんのお祖父《じい》さんが関西でやっていたお店で、そちらでは和風のメニューもあったらしいですよ。昔から漬《つ》けてた梅干しとかお漬物《つけもの》があるとか」

「ふーん、店に歴史ありだね。とにかく、食べて。薬は食後なんだよね？」

「はい、ちゃんと飲みます。小さい頃《ころ》はお薬嫌《きら》いで、お兄ちゃんに無理矢理飲まされたりしてましたけど」

「へぇ、あのハルが雪季《ふゆ》ちゃんに強引《ごういん》なマネをするとは意外」

「お兄ちゃん、私のためになることならなんでもするんですよ。いただきます」

凄《すご》いことをさらりと言って、雪季《ふゆ》はレンゲでおかゆを上品に食べ始める。

晶穂《あきほ》は前々から気づいていたが、雪季《ふゆ》は可愛《かわい》いだけでなく、なにをしても動作が上品だ。成績も運動神経も悪くても、見た目がよく、日常の仕草が綺麗《きれい》だからこそ、雪季《ふゆ》を好ましく思う人間が多いのだろう。

晶穂《あきほ》は成績も運動神経もいいが、雑に生きてきたのでお世辞にも上品とは言えない。

「ふわわ……美味《おい》しい。ぜひ、シェフにご挨拶《あいさつ》をしたいですね……」

「はいはい、治ったらね。ああ、ちゃんと食べられるじゃん。食欲あるなら、ひとまず安心だ」

「はっ……!? 生クリームカスタードプリンと、ストロベリークッキーアイスは……!?」

「それは、あたしが買ってきた。どっち食べようかなあ」

「え、両方私のですけど……！ お兄ちゃんに食べさせてもらおうと企《たくら》んでるんですけど！」

「雪季《ふゆ》ちゃん、どん欲に甘えてくるね。冗談《じょうだん》だよ、両方雪季《ふゆ》ちゃんのだって。でも、風邪《かぜ》が治るまでハルはマジでこの部屋、出禁だから」

「えぇー……でも、晶穂《あきほ》さんもあまり来ないほうがいいですよ……」

「弱ってる雪季《ふゆ》ちゃん見るの、けっこう面白《おもしろ》くてさあ」

「見世物になってました!?」

「冗談《じょうだん》だって。けど、雪季《ふゆ》ちゃんっていつもオーラ強めだから、こういう姿、新鮮《しんせん》だね」

「オ、オーラ？ 私は、弱い生き物ですよ……？」

「おもろ」

「おもろ⁉」

雪季《ふゆ》はびっくりしているが、晶穂《あきほ》は率直《そっちょく》な感想を言っただけだ。

以前、晶穂《あきほ》は春太《はるた》に言ったことがあるが、雪季《ふゆ》は〝パワーが強い〟と思っているし、最終的にはなにもかも雪季《ふゆ》の思い通りになる気がしている。

「ああ、元カノさ――氷川《ひかわ》さんと話してたせいか、関西弁がうつっちゃった」

「方言はともかく、私を面白《おもしろ》がってることに変わりはないですよね……？」

雪季《ふゆ》は、そう簡単にはごまかされないようだった。

「あの氷川《ひかわ》さんも相当変わってるよね。メイド服でわざわざデリバリーしに来るとか」

「私、前から薄々《うすうす》思ってたんです」

「え、なに？」

晶穂《あきほ》が聞き返すと、雪季《ふゆ》は窺《うかが》うような目を向けてきた。

「晶穂《あきほ》さん、言っても怒《おこ》りません？」

「怒《おこ》らない、怒《おこ》らない。雪季《ふゆ》ちゃんに怒《おこ》ったりしたら、ハルが怖《こわ》いし」

「自分的にも、認めるのは微妙《びみょう》なので誰《だれ》にも言ったことないんですけど……」

「んん？」

雪季《ふゆ》はおかゆと梅干しを食べ終えて、手を合わせて「ごちそうさま」と言ってから。

「お兄ちゃんって、ヤバい女の子が好きなんですよ」

「……さすが元祖妹、お兄さまのことを的確に見抜《みぬ》いてらっしゃる」

「冗談《じょうだん》じゃないんですよ、これは。いえ、私のこともヤバいって言ってるみたいでアレなんですけど」

「…………」

晶穂《あきほ》は「兄貴とアレなんだからある意味ヤバいでしょ」とは言わない。

病人を興奮させるわけにもいかないからだ。

だが、雪季《ふゆ》の言うことには晶穂《あきほ》も充分《じゅうぶん》頷《うなず》けた。

桜羽《さくらば》春太《はるた》の性質を、上手《うま》く一言でまとめて言語化したと言っていい。

雪季《ふゆ》、冷泉《れいぜん》に透子《とうこ》、それに陽向《ひなた》美波《なみ》に――今、一階にいる氷川《ひかわ》涼風《すずか》。

この女子たちは人並み外れてヤバい性格な上に、春太《はるた》に好意を持っている。

春太《はるた》はモテるというより、〝ヤバい女を吸い寄せている〟と表現したほうがしっくり来る。

本当にヤバい女ばかりで――

「誰《だれ》が一番ヤバい女だ!」

「わ、私、そんなこと言ってませんよ……」

「気にしないで、セルフツッコミだから」

晶穂《あきほ》は、ふっと自嘲《じちょう》する。

「でもさ、あたしと雪季《ふゆ》ちゃんがヤバい女のツートップだけどさ」

「うっ……わ、私は割と普通《ふつう》ですよ？」

度を超《こ》えたブラコン少女がなにか言っているが、晶穂《あきほ》はスルーする。

「雪季《ふゆ》ちゃんがハルのカノジョになりたいって言うなら、ライバルが多いのもわかってんでしよ？　マジでハルの周り、あいつ好みのヤバい女だらけだよ」

「わかってま……んんっ、ごほっ、ごほっ」

「わ、ごめん！　調子に乗ってしゃべりすぎちゃった。大丈夫《だいじょうぶ》、お水飲む？」

「だ、大丈夫《だいじょうぶ》です……ごほっ……」

雪季《ふゆ》は口をきちんと押さえた上に、掛《か》け布団《ぶとん》に顔を押しつけて咳《せ》き込《こ》んでいる。

どうやら、病人に余計な気を遣《つか》わせているようだ。

「雪季《ふゆ》ちゃん」

「わっ……あ、晶穂《あきほ》さん？」

晶穂《あきほ》はベッドに腰《こし》を下ろして、雪季《ふゆ》の頭を抱《かか》えるようにして抱《だ》きしめる。

「あ、あの……あまり近づきすぎたらうつっちゃいますよ？」

「そうだね、ハルとハル父を隔離《かくり》しても、あたしからうつったら意味ないもんね」

「そ、そうじゃなくて、晶穂《あきほ》さんにうつったらって……」

「あたし、たまにお母さんの看病してて。でもさ」

「え？」

ぎゅうっ、と晶穂《あきほ》はさらに強く雪季《ふゆ》を抱《だ》きしめる。

「ウチの魔女《まじょ》、自分が調子悪くてもあたしが風邪《かぜ》引いたりしてたら、ずーっとそばに張りついて看病してたんだよね」

「……いいママですね」

「たまにいい母親っぽいことするから、ズルかったんだよ。はぁ……」

晶穂《あきほ》は雪季《ふゆ》の頭に顔を寄せる。

雪季《ふゆ》の黒がまざり出した茶色の髪《かみ》からは、甘酸《あまず》っぱい香りがする。

「なのにあたし、素直《すなお》じゃないから。『ずっと見てなくていい』とか、なんなら『どっか行って』まで言ったりしてさ」

「……本音じゃないことは、晶穂《あきほ》さんのママが一番わかっていたのでは？」

「わかってくれるからって、心にもない酷《ひど》いことを言っちゃダメだったんだよ。今になってみたら、後悔《こうかい》ばっかりだ」

晶穂《あきほ》は、ぐっとなにかがこみ上げてくるのを感じた。

自分はわがままばかりで、なぜあんなにも母を傷つけるようなこと、突《つ》き放《はな》すようなことを言ってしまったのだろう。

晶穂《あきほ》になにを言われても笑ってくれた母の顔を思い出すと、胸が痛くてたまらない。

だが、病人の前で弱みを見せるべきではない。

晶穂《あきほ》は雪季《ふゆ》に慰《なぐさ》めてほしくて、こんな話をしているわけではないのだ。

「雪季《ふゆ》ちゃん、もっと素直《すなお》に甘えたら？」

「お兄ちゃんに……ですか？　充分《じゅうぶん》甘えてますよ？」

「そうだね。けど、甘えられるうちに甘えとけって話だよ」

「え、でもお兄ちゃんは――」

「ハルは全然死にそうにないね。でもさ、同じことなんだよ」

「同じこと……？」

「時間がないって意味では。あたしとお母さん、雪季《ふゆ》ちゃんとハルの関係はね」

「ど、どういう……？　晶穂《あきほ》さん、私は頭よくないのでちゃんと説明してください！　頭悪い上に、今は熱で頭が回りません！」

「あ、そうだった……ごめん、ハルを相手に思わせぶりに話すのに慣れすぎて、つい雪季《ふゆ》ちゃんにもやっちゃった」

「ウチのお兄ちゃんになにしてくれてるんですか、晶穂《あきほ》さん」

雪季《ふゆ》は抱《だ》きかかえられたまま、首を動かしてじいっと晶穂《あきほ》を睨《にら》んでくる。

「簡単な話だよ、雪季《ふゆ》ちゃん。雪季《ふゆ》ちゃんは無理して妹をやめようとしてるけど――そんなの、やめるまでもなく妹が兄貴に甘えられる時間なんて残り少ない」

「…………私、まだ十五歳です。もし妹のままだとしても、あと五年くらいは」

「けっこう長めに見てるね。でも、五年だって決して長くないよ。あたしとお母さんの十六年だって――終わってみれば、全然足りなかった。もっともっと話したいこと、やりたいことがあったよ」

「……晶穂《あきほ》さん」

あ、しまった。ドン引きさせたか。

晶穂《あきほ》は思わず舌打ちしそうになった。

雪季《ふゆ》が大人びているせいか、どうも年下の少女だということを忘れそうになる。

だが、言っていることに嘘《うそ》はない。

正直なことを言えば、晶穂《あきほ》は後悔《こうかい》している。

母に泣きついてでも、仕事を減らして自分と向き合う時間を増やしてもらえばよかった。

もしもタイムリープできて過去に戻《もど》れても、素直《すなお》に母に甘えられたかといったら自信はないが――

「でも私、お兄ちゃんに妹をやめるって……クリパでも戦うって宣言しましたし……」

「雪季《ふゆ》ちゃんは可愛《かわい》いんだから、前言を翻《ひるがえ》したって許されるんだよ」

「か、可愛《かわい》さの問題ですか？　可愛《かわい》いことには多少自信はありますけど……」

だろうね、と晶穂《あきほ》は思った。

別に悪いことではなく、これだけの美貌《びぼう》を自覚していなかったら逆に嫌味《いやみ》だ。

「ま、見た目だけの話じゃなくてね。雪季《ふゆ》ちゃんには積み上げてきたものがあるだろうから、ハルに素直《すなお》に甘えたって許されるよ」

「積み上げてきたもの……あるでしょうか？」

「みんな、雪季《ふゆ》ちゃんの見た目が可愛《かわい》いから君が好きなわけじゃないって」

晶穂《あきほ》は笑って言い、ようやく雪季《ふゆ》の身体《からだ》を解放して立ち上がった。

「あたしみたいにね、後悔《こうかい》しないでほしいんだ。勝手な話だけどね」

「……いえ、ありがとうございます、晶穂《あきほ》さん」

そういう、誰《だれ》に対しても素直《すなお》に接してきた雪季《ふゆ》だからこそ、甘えられても許してしまう。

晶穂《あきほ》にとってみれば、雪季《ふゆ》はライバル――最大のライバルと言っていい。

それでも、雪季《ふゆ》に塩を送るようなマネをしてしまうのは、彼女が見た目だけでなく中身も可《か》愛《わい》いからだ。

「というわけで、晶穂《あきほ》さんのありがたいお話は終わり。食器、下げちゃうよ」

「は、はい。ありがとうございます」

「お薬飲んだら、ちゃんと寝《ね》るようにね」

晶穂《あきほ》はトレイを持って立ち上がり、雪季《ふゆ》はこくりと頷《うなず》いた。

薬とミネラルウォーターは枕元《まくらもと》にあるので、問題ないだろう。

「おやすみ、雪季《ふゆ》ちゃん」

「晶穂《あきほ》さん、私、晶穂《あきほ》さんのこと好きですよ……」

「はは、告られちゃったよ」

「晶穂《あきほ》お姉さまって呼んでいいですか？」

「だーめ♡」

晶穂《あきほ》は笑い、雪季《ふゆ》が唇《くちびる》を尖《とが》らせるのを楽しげに見つつ、ドアを開けて廊下《ろうか》に出た。

お姉さんぶりたいが、そう呼ばれるのはクールな晶穂《あきほ》には照れくさい。

少し歩いてから、ふぅとため息をつく。

ちょっと、余計なことまで話しすぎただろうか——

雪季《ふゆ》にしてみれば、秋葉《あきは》の死はショックだっただろうし、母親とのことで晶穂《あきほ》に後悔《こうかい》があるという話は重かったかもしれない。

しかし、言わずにはいられなかった。

雪季《ふゆ》は、本当はまだ妹としていられる時間を、自分から投げ出そうとしている。

変な話だが——今の晶穂《あきほ》には、もったいないと思えるのだ。

晶穂《あきほ》は、雪季《ふゆ》のことが気に入っている。

あの素直《すなお》で可愛《かわい》い少女には、後悔《こうかい》してほしくない。

素直《すなお》で可愛《かわい》くなかった自分のようには、なってほしくない。

第5話　妹は開き直って元に戻《もど》りたい

朝の光が、カーテンの隙間《すきま》から差し込んできている。

「ううっ、寒《さむ》っ……！」

春太《はるた》はゆっくり目を開けたが——がばっ、と布団《ふとん》をかぶり直す。

今日はひときわ冷え込むという予報を思い出した。

寒さに弱い桜羽《さくらば》家《け》の人々には、冬の朝は呪《のろ》わしいばかりで、ベッドから出るには強い覚悟《かくご》が必要になってくる。

ちなみに、春太《はるた》の父も育ての母も寒さには非常に弱い。

父はともかく、母は寒い土地で育った割に身体《からだ》が寒冷地仕様になっていない。

故郷に近い街で暮らしている母は大丈夫《だいじょうぶ》だろうか、と妙《みょう》なことが気になった。

「あ、お兄ちゃん、起きたんですね」

「ん？　雪季《ふゆ》か……？」

春太《はるた》は布団《ふとん》を身体《からだ》に巻きつけるようにしたまま、ちらっと枕元《まくらもと》のスマホを見た。

そろそろ朝食の準備をしないといけない時間だが、雪季《ふゆ》はまだ寝《ね》ていていい。

幸い、雪季《ふゆ》の風邪《かぜ》は一日で平熱に戻《もど》り、念のためにもう一日静養させておいた。

今日はもう完全復活だろうと思っていたが、まだゆっくり眠《ねむ》っておいていいのだ。

「雪季《ふゆ》、病《や》み上《あ》がりなんだから、こんな早起きしなくても」

春太《はるた》は苦笑《くしょう》しながら、雪季《ふゆ》のほうに目を向けて——

「…………っ⁉」

がばっと布団《ふとん》をはねのけて起き上がり、まじまじと雪季《ふゆ》の姿を見つめる。

雪季《ふゆ》は、上は素肌《すはだ》に白いブラジャーを着けただけの格好。

下には、紺色《こんいろ》のミニスカートをはいている。

今日の雪季《ふゆ》は、元の中学の白いブレザータイプの制服姿だ。

最近は悠凜館《ゆうりんかん》高校の制服を着ていたのだが、中学制服に戻《もど》したらしい。

それは別にかまわないのだが——

「ちょっと待ってください。今、服を着ちゃいますから」

「ふ、雪季《ふゆ》……？」

なぜか、雪季《ふゆ》が春太《はるた》の部屋で、春太《はるた》の目の前で着替《きが》え中だった。

ブラジャーだけでなく、スカートのファスナーの隙間《すきま》から白いパンツまで見えている。

扇情《せんじょう》的な姿のことより、ここにいることの驚《おどろ》きのほうがはるかに大きい。

雪季《ふゆ》が春太《はるた》の妹をやめてカノジョになるために、もうすっかり消えてしまった習慣——

以前は、雪季《ふゆ》が毎日のように繰《く》り返《かえ》していた習慣でもある。

いや、驚《おどろ》くことはそれだけではない。

「お、おい、雪季《ふゆ》、それ……」

「なんですか？」

「な、なんですかって……か、髪《かみ》が……」

春太《はるた》の部屋で着替《きが》えていること以上の異変が、雪季《ふゆ》の頭部に起きていた。

雪季《ふゆ》の自慢《じまん》の茶髪《ちゃぱつ》が完全に黒髪《くろかみ》になっている。

「ああ、これですか。今朝、染めてみました。だいぶプリンになってましたし、面接前に黒くしないといけないですから」

「そ、それはそうだが……」

春太《はるた》は、雪季《ふゆ》は面接前ギリギリまで茶髪《ちゃぱつ》でいるとばかり思っていた。

雪季《ふゆ》は受験のせいでオシャレが犠牲《ぎせい》になり、〝もっとダサくなる〟ことをなにより恐《おそ》れていたのだから。

まさか、こんなに潔《いさぎよ》く黒髪《くろかみ》に染めてくるとは——

春に両親が離婚《りこん》して、雪季《ふゆ》は田舎《いなか》の中学に転校してから、そちらでは茶髪《ちゃぱつ》禁止だったために黒に染めさせられた。

それが雪季《ふゆ》は大変に気に入らなかったらしく、春太《はるた》と再会した直後に茶髪《ちゃぱつ》に染め直したほどだった。

「……前は、俺が寝《ね》てる間に茶髪《ちゃぱつ》に戻《もど》してたな」

「そういえば、逆ですね。でも、どうでしょう？　ヘアアレンジはいろいろやりたいですけど、面接のときは普通《ふつう》に結ぶしかないですよね。ポニテで透子《とうこ》ちゃんとお揃《そろ》いにしましょうか」

「そ、それもいいが……」

春太《はるた》は、久しぶりに黒髪《くろかみ》の雪季《ふゆ》と出会って――しかも今度は自発的に黒に染めたということで、戸惑《とまど》いを隠《かく》せない。

「えっと……黒いの、ダメでしょうか？」

「いや、そんなことはないが」

雪季《ふゆ》が髪《かみ》を茶色に染めたのは中学二年生のときで、まだ二年も経《た》っていない。

黒髪《くろかみ》の雪季《ふゆ》を見てきた時間のほうがはるかに長い。

ただ、雪季《ふゆ》は茶髪《ちゃぱつ》が似合いすぎるので、黒髪《くろかみ》のほうに違和感《いわかん》があるのも事実だ。

「そんなことはないが――や、やっぱり問題ありますか？」

「珍《めずら》しく食いついてくるな。ああ、いや、雪季《ふゆ》は黒髪《くろかみ》でも可愛《かわい》い」

「そうですか！　お兄ちゃんにそう言ってもらえるなら、黒髪《くろかみ》もギリで許せます！」

「ギリギリなのか」

雪季《ふゆ》は長い髪《かみ》をさっと後ろに払《はら》って、モデルのようにポーズをキメている。

どうやら、黒髪《くろかみ》に染めるには葛藤《かっとう》があったようだが、それを振《ふ》り切《き》ったらしい。

「よーし、お着替《きが》え終わりです。あとは――お兄ちゃん、お願いしていいですか？」

「……久しぶりだな」

春太《はるた》はベッドから下り、雪季《ふゆ》の前に立つ。

雪季《ふゆ》のネクタイを結んでやって、結び目の形を整える。

「うーん、やっぱり結び目がいびつだよな……」

「ちょっとラフなくらいが可愛《かわい》いです。可愛《かわい》いんですよ」

「その台詞《せりふ》も久々に聞い――わっ」

「お兄ちゃん……！」

雪季《ふゆ》はぎゅーっと春太《はるた》に抱《だ》きついて、しばらくそうしてから――離《はな》れる。

にこにこと機嫌《きげん》がよさそうで、ここまで上機嫌《じょうきげん》な雪季《ふゆ》は久しぶりかもしれない。

「お、おい、雪季《ふゆ》……今日はいったい、なんなんだ？」

「顔洗って、着替《きが》えてリビングに来てください。その頃《ころ》にはちょうど朝ご飯ができてると思います」

「ああ、悪いな――って、ちょっと待て！　なんでナチュラルに朝飯つくってるんだ!?」

「それが、桜羽《さくらば》雪季《ふゆ》の仕事だからです」

「桜羽《さくらば》……？」

雪季《ふゆ》の今の苗字《みようじ》は、〝冬野《とうの》〟だ。

たまに動揺《どうよう》したときに元の苗字《みようじ》で名乗ることもあったが、冬野《とうの》が正式な苗字《みようじ》であることは間違《まちが》いない。

「私、お兄ちゃんの妹に戻《もど》ることにしました」

「………………っ！」

雪季《ふゆ》は、すっと背伸《せの》びして——

ちゅっ、と春太《はるた》にキスしてくる。

唇《くちびる》と唇《くちびる》を合わせる、普通《ふつう》の兄妹《きようだい》ならやらない——桜羽《さくらば》兄妹《きようだい》がやってしまっていたキスだ。

「ふ、雪季《ふゆ》……マジでどうしたんだよ？」

「ただし、受験終了までの期間限定です」

「き、期間限定？　じゃあ、受験が終わったら……？」

「秘密です。あと、家事は私がやりますからね」

「ちょ、ちょっと待て。話がグイグイ進みすぎだろ！」

春太《はるた》が展開についていけないのは、寝起《ねお》きで頭が回っていないせいではないだろう。

まさか、雪季《ふゆ》がこんなにも唐突《とうとつ》にスタンスを変えてくるとは。

「な、なにがあったんだよ、雪季《ふゆ》。まだ身体《からだ》が本調子じゃないんじゃ……？」

「身体《からだ》はもう元気いっぱいです。でも、ちょっともったいないことしましたね」

「もったいないって、なにが……？」

「風邪《かぜ》引いて、お兄ちゃんに甘えるチャンスだったのに。でも、晶穂《あきほ》さんにだいぶ甘やかしてもらいましたから、いいことにします」

「……おまえ、晶穂《あきほ》になにか吹《ふ》き込《こ》まれたのか？」

「はい」

「…………」

素直《すなお》な妹は、嘘《うそ》をつけない。

どうやら、雪季《ふゆ》の急変には晶穂《あきほ》が少なからず関わっているようだ。

「ですけど、自分で決めたことです。この黒い髪は覚悟の証《あかし》——でもあるんですよ」

雪季《ふゆ》は、珍《めずら》しいことに不敵な笑《え》みを浮《う》かべた。

このおとなしくて慎《つつ》ましい妹に、こんな笑い方ができたとは。

春太《はるた》は雪季《ふゆ》の成長を感じつつも、なぜか不安を覚えてしまう。

「馬鹿馬鹿しいかもしれませんが、お兄ちゃんも付き合ってください。私、本当は——もう少しだけ妹でいたかったんです」

「馬鹿馬鹿しくはない……」

春太《はるた》にとって、やはり雪季《ふゆ》は妹だ。

先日、秋葉《あきは》に見せてもらった動画では——幼い頃《ころ》の雪季《ふゆ》が春太《はるた》を「にーちゃ」と舌っ足らずに呼んで甘えていた。

あの無邪気《むじゃき》な雪季《ふゆ》の姿を見て、春太《はるた》は「カノジョになりたい」雪季《ふゆ》の思いとは逆に、彼女を妹だと思い直すようになっている。

雪季《ふゆ》が、妹に戻《もど》りたいというなら、春太《はるた》にとっても悪い話ではない。

期間限定であっても、雪季《ふゆ》自身が馬鹿馬鹿しいと思っていても。

「あ、パパが出かけちゃうので先にお味噌汁《みそしる》だけでもつくってきますね」

「……ああ、俺も着替《きが》えたら下に行く」

「はいっ」

雪季《ふゆ》は可愛《かわい》く頷《うなず》いて、部屋を出て行った。

父は朝食はろくに取らないタイプだが、娘《むすめ》が家事に復帰したとたんに味噌汁《みそしる》だけでも飲んでいくことにしたらしい。

父にとって雪季《ふゆ》は実の娘《むすめ》ではないが、実の息子《むすこ》以上に可愛《かわい》がっている。

「おはよ、ハル」

春太《はるた》の実の妹が登場した。

ぶかぶかのパーカー一枚だけの格好で、おそらく下は下着しかはいていない。

父が家では常に一階にいるのをいいことに、二階ではくつろぎきった格好をしている。

「雪季《ふゆ》ちゃん、妹復帰かー」

「なんだ、聞いてたのか？」

「隣《となり》の部屋にいても聞こえるんだよ。あたしが雪季《ふゆ》ちゃんを焚《た》きつけたのは否定しないけど、決めたのは雪季《ふゆ》ちゃんだよ」

「別に……妹に戻《もど》るっていうのはいいことだろ」

「そんな軽い決心じゃないのは、わかってんでしょ」

「…………」

そのとおり、雪季《ふゆ》は素直《すなお》ではあるが、意思の強さも相当なものだ。

一度、田舎《いなか》に引《ひ》っ越《こ》したあとも桜羽《さくらば》家《け》に戻《もど》るために苦手だった勉強を必死にこなし、イジメに立ち向かうために計略を練っていた。

一度、「春太《はるた》のカノジョになる」と言っておいて、前言を翻《ひるがえ》すのは雪季《ふゆ》にとっては一大事だったはずだ。

「ま、好きにイチャイチャしてよ。見ないフリしとくから。あたしは、理解のある妹ですよ」

「……その台詞《せりふ》、前にどっかで聞いたことあるな」

理解のある妹を自称《じしょう》していたのは、雪季《ふゆ》だった。

春太《はるた》は、母を亡《な》くし、心臓に問題がある晶穂《あきほ》を放ってはおけない。

だが、もう認めるべきだった。

雪季《ふゆ》と晶穂《あきほ》、どちらが優先などと順番を決めることはできない。

春太《はるた》には、もう一つ認めるべきことがあった。

「美味《うま》い……やっぱり雪季《ふゆ》のメシが一番だな……」

「よかったですー。ここしばらく包丁を握《にぎ》ってませんでしたからね。腕《うで》が鈍《なま》ってたらどうしようかとビクビクでした」

桜羽《さくらば》家《け》にはダイニングもあるが、リビングのローテーブルを囲んで食事をすることが多い。

本日の朝食は、ご飯と味噌《みそ》汁《しる》、鮭《さけ》の塩焼き、ほうれん草のおひたし、玉子焼き、漬物《つけもの》。

お手本のような和風の朝食が並んでいる。

「うん、雪季《ふゆ》ちゃんのご飯はやっぱ美味《おい》しいね。ハル飯《めし》も悪くなかったけど」

「珍《めず》しくフォロー入れてるな、晶穂《あきほ》。でも、俺の負けが明白すぎる」

春太《はるた》は鮭《さけ》の塩焼きもほうれん草のおひたしも、つくり方すら知らないレベルだ。

「でも雪季《ふゆ》ちゃん。ホントに料理しててていいの？　もう受験、目の前なのに」

「目の前だからですよ。もうペース落として、体調を整えていくタイミングですし。また風邪《かぜ》で倒《たお》れないためにも、しっかり食べて体力もつけたいです。自分で料理して美味《おい》しいものを食べたほうがいいですよね」

「本心は？」

「お兄ちゃんに美味《おい》しいものを食べてもらうのが、私の心の栄養になるんです！」

「……なるほどね」

「………」

春太《はるた》は、雪季《ふゆ》と晶穂《あきほ》の会話を黙《だま》って聞いている。

やはり雪季《ふゆ》は、あっさりと口を割ってしまうようだ。

「そ、それに私、晶穂《あきほ》さんにも美味《おい》しいものを食べてもらいたいです」

「………」

負うた子に教えられる、とはこのことだった。

晶穂《あきほ》を居候《いそうろう》させているのに、たいした食事も振《ふ》る舞《ま》えていない。

春太《はるた》が料理を買って出ておいて、メインが出来合いのものになってしまっていた。

「まあ、ハルはご飯とお味噌汁《みそしる》しかつくれないもんねえ……」

「しみじみ言うな。晶穂《あきほ》は味噌汁《みそしる》もつくれねぇだろ」

「むしろ、ロッカーは味噌汁《みそしる》つくれちゃいけないいんだよ」

「だから、おまえは面倒《めんどう》くさいことを全部ロックのせいにすんな」

そろそろ、春太《はるた》は本気でロックミュージシャンに偏見《へんけん》を持ちそうになってきた。

「でもまあ……確かに、居候《いそうろう》がいるのに不味《まず》い飯食わせてちゃダメだな」

「お兄ちゃんのお味噌汁《みそしる》、美味《おい》しいですよ。私やママの味に似てますし」

「そりゃ、十数年飲んできたんだからな」

春太《はるた》の舌は、冬野家《とうのけ》の味噌汁《みそしる》の味で調教済みなのだ。

味見しながら味付けをととのえていくと、どうしても雪季《ふゆ》や母の味に近づく。

「ただ、同じ材料使ってても、味噌《みそ》の味からして違《ちが》うんだよなあ……不思議なもんだ」

「ふふふ、これぱっかりは私のほうがお兄ちゃんより上ですね。どうせなら、みんなで美味《おい》しいものを食べましょう」

「賛成、多数決で二対一で決まりだね」

「いや、三対ゼロだな」

春太《はるた》も、数日ぶりにこんな美味《うま》い朝食を食べさせられたら反対できない。

受験生に家事をやらせるのはいかがかとは思うが、雪季《ふゆ》のストレス発散にもなるなら、止められない。

掃除《そうじ》や洗濯《せんたく》ならば春太《はるた》でもなんとかできるので、体力が必要な仕事を春太《はるた》が引き受ければ、雪季《ふゆ》への負担もかなり軽くなってくるだろう。

「はぁ……美味《うま》かった。ごちそうさま。皿洗いは俺がやるからな」

「え、お兄ちゃんに片付けしてもらっていいんですか？」

「ああ、それくらいは任せてくれ」

「うーん……わかりました。では、お願いします」

家事では一切妥協《いっさいだきょう》しなかった雪季《ふゆ》が、意外にあっさり引き下がってくれた。

やる気はあっても妥協点《だきょう》を見つけてくるあたり、雪季《ふゆ》も成長している。

「あ、そろそろお弁当も詰《つ》めないと。晶穂《あきほ》さんの分もちゃんとありますからね」

「え、マジ？　購買《こうばい》のパンもお弁当も飽《あ》きてたから、ガチ嬉《うれ》しい」

晶穂《あきほ》は珍《めずら》しく目を輝《かがや》かせている。

春太《はるた》は晶穂《あきほ》と同じクラスだが、以前から昼食は別々だ。

お互《たが》いに友人グループで食べていて、晶穂《あきほ》は食堂には行かずに購買《こうばい》で買って済ませていることだけは知っている。

秋葉《あきは》は多忙《たぼう》だったので、弁当を持たせる余裕《よゆう》はなかったのだろう。

「私もお昼はお弁当で済ませますし、一人分でも三人分でも一緒《いっしょ》ですから。いいですよね？」

「あ、ああ」

三食すべて雪季《ふゆ》に任せるのはどうかと思うが、今さら弁当だけ断ってもあまり意味はない。

「正直、すげー嬉《うれ》しい。雪季《ふゆ》の弁当があるかどうかで、学校行くモチベが変わるからな」

「給食が楽しみな小学生みたいだね」

「晶穂《あきほ》、俺がいいこと言ってるのにいらんツッコミすんなよ……」

「そんなにいいことかな？」

なんと言われようと、春太《はるた》は全力で雪季《ふゆ》に感謝を示している。

「今日は復帰初日ということで、お兄ちゃんの好きなものを詰《つ》めましたから。楽しみにしててくださいね」

雪季《ふゆ》はそう言うと、キッチンへと向かっていった。

春太《はるた》も皿洗いのために立ち上がろうとすると——

「晶穂《あきほ》さんの好きなものは詰《つ》めてないのかなあ？」

「知らねぇよ。晶穂《あきほ》、好《す》き嫌《きら》いないだろ」

「まあねえ。でもハル、雪季《ふゆ》ちゃんの好きにさせてあげなよ」

「おまえ、さっきからずいぶん雪季《ふゆ》サイドについてくるな」

「あたしは、可愛《かわい》い女子の味方だよ。UCube《ユーキューブ》の登録者も女子率けっこう高いし」

晶穂《あきほ》は、全員分の食器を積み重ねていく。少しは手伝うつもりらしい。

「血の繋《つな》がりがあるあたしは、どうしたって妹でしょ。けどさ、雪季《ふゆ》ちゃんは違《ちが》う」

「今度はなんだ？」

「雪季《ふゆ》ちゃんが、自分は妹じゃないって言い出したら妹じゃなくなっちゃうんだよ。今、妹でいたいって言ってるんだから。ハルは、妹の雪季《ふゆ》ちゃんが好きなんじゃないの？」

「……シスコンだからな、俺は」

「珍《めずら》しく渋々《しぶしぶ》認めたね、ハル」

シスコンであることを男らしく認めてきた春太《はるた》らしくない。

「ま、好きなだけ妹を可愛《かわい》がってやれって話。ただ――」

「やっぱり、追加があるのか」

雪季《ふゆ》を応援《おうえん》するという話だけなら、さっきも聞かされたばかりだ。

まだ言いたいことがある、というのは春太《はるた》も予想していた。

「あたしは、キラさんとやることあるからしばらく放っておいて。年明けから、そこそこハルに付き合ってもらったしね」

「……放ってはおかねぇよ。少しでもなにかあったら、マジですぐに言え」

春太《はるた》は秋葉《あきは》のことだけでなく、晶穂《あきほ》の身体《からだ》のことももちろん忘れていない。

晶穂《あきほ》を放っておけ、というのは無理な相談だ。

「そこは遠慮《えんりょ》なく甘えるから大丈夫《だいじょうぶ》。あたしも死にたくないし、妹だし」

「…………」

重たい二つの事実をためらいなくつきつけてくるのが、晶穂《あきほ》の怖《こわ》いところだ。

だが、それは春太《はるた》も迷うことなく受け止めなければならない。

「でもさあ、他にも受験生がいることをお忘れなく。カテキョの子とか、またすぐ戻《もど》ってくる居候《いそうろう》の若女将《おかみ》とか」

「…………」

もう一人の妹からの、ありがたい忠告らしい。

もっとも、晶穂《あきほ》に言われるまでもなく、春太《はるた》も気に懸《か》けていることではあった。

多忙《たぼう》な受験生に比べて、高校一年生の三学期はのんきなものだ。

だからこそ、春太《はるた》も苦手な料理を買って出たのだが、雪季《ふゆ》のモチベに関わるなら引き下がるのもやむをえない。

「あたし、今日はカラオケの日だから。これ断れないから。みんな、あたしの美声の禁断症《きんだんしょう》状《じょう》出てるから」

とのことで、今日の放課後は晶穂《あきほ》は陽キャグループとの付き合いがあるらしい。

晶穂《あきほ》に関しては疑《うたぐ》り深《ぶか》くなっている春太《はるた》は、陽キャグループの女子を捕《つか》まえて、念のために確かめている。

「ア、アアア……アキホの歌、キキタァイ……！」

こんな感じで、彼女は禁断症状《きんだんしょうじょう》が出ているようで、迅速《じんそく》な処置が必要なようだった。

春太《はるた》としても、妹の——いや、学校ではカノジョである晶穂《あきほ》を縛《しば》るつもりはない。

友人との付き合いも重要だ。

「はぁ～……部活が休みだとマジやることねぇな。春太《はるた》郎《ろう》、俺と１ｏｎ１やんねぇ？」

「身体《からだ》を休めないと休みの意味がねぇだろ」

放課後になって、春太《はるた》は久しぶりに松風陽司《まつかぜようじ》と下校していた。

二人がいるのは、巨大《きよだい》ショッピングモール〝エアル〟のフードコートだ。

たこ焼きをノーマル、てりタマのせ、チーズ明太子《めんたいこ》のせの三種類買ってシェアしている。

食欲旺盛《おうせい》な二人は、さらに追加でソフトクリームまで買っている。

「春太郎《はるたろう》も休めよ。おまえも、たまには気を抜《ぬ》かねぇとな」

「きめぇな。なんだ、いくら優《やさ》しくされてもバスケ部には入らねぇぞ」

「ちっ。春太郎《はるたろう》、もう183センチはいってるだろ？　そんだけタッパがあって、バスケやらないなんて国家的損失だぞ」

「えらいデカい組織出てきたな」

春太《はるた》は鼻で笑って、ソフトクリームにかぶりつく。

松風《まつかぜ》が疲《つか》れている春太《はるた》に気を遣《つか》ってくれていることは承知の上で、悪口で返せるのは二人の関係性があってのことだ。

幼児の頃《ころ》からの友人で、小・中・高と同じで今もクラスまで一緒《いつしよ》という腐《くさ》れ縁《えん》。

少々の悪口で崩《くず》れるような仲ではない。

「今はバスケのことは考えられねぇよ。雪季《ふゆ》の受験だけでも、もういっぱいいっぱいだ」

「桜羽《さくらば》さん、受験は大丈夫《だいじようぶ》そうなのか？　学校休んで受験勉強って、別に有利なわけでもないだろ」

「今日は、透子《とうこ》とリモートで勉強会してるよ。透子《とうこ》は午前授業で、昼からがっつり勉強してるらしいからな」

雪季《ふゆ》と透子《とうこ》の勉強会の邪魔《じゃま》にならないように、春太《はるた》はまっすぐ家に帰らずにフードコートでダベっているのだ。

「霜月《しもつき》か……春太郎《はるたろう》、すっかりあいつに懐《なつ》かれたな」

「まあ、親戚《しんせき》みたいなもんだしな」

「でも、血は繋《つな》がってねぇだろ。桜羽《さくらば》さんが――っと、いや、血がどうこうじゃねぇな」

「……もう〝桜羽《さくらば》さん〟はいいだろ。昔は、松風《まつかぜ》も普通《ふつう》に〝雪季《ふゆ》ちゃん〟呼びだったよな？」

春太《はるた》は、雪季《ふゆ》が実の妹ではないことを親友の松風《まつかぜ》にも隠《かく》してきた。

先日のクリスマスパーティで、雪季《ふゆ》が春太《はるた》の実妹《じつまい》でないことを暴露《ばくろ》してしまったが――

考えてみれば、その暴露《ばくろ》で松風《まつかぜ》はショックを受けていたのに、春太《はるた》はまだなにもフォローすらできていない。

月夜見秋葉《つくよみあきは》の葬儀《そうぎ》もあって、それどころではなかったが――

「なんだよ、今さら。でも、ガキの頃《ころ》は確かにちゃん付けだったなあ」

松風《まつかぜ》は、周りの男子たちが雪季《ふゆ》に馴《な》れ馴《な》れしくするのを防ぐために、雪季《ふゆ》と一線を引いてきたのだ。

「雪季《ふゆ》は、もう桜羽《さくらば》じゃねぇしな」

「桜羽《さくらば》に戻《もど》る可能性もあるだろ。つーか、可能性は決して低くねぇだろ」

「そりゃ先走りすぎだっつーの」

雪季《ふゆ》が春太《はるた》と結婚《けっこん》すれば、桜羽《さくらば》姓《せい》に戻《もど》ることは可能だ。

春太《はるた》のほうが、冬野《とうの》姓《せい》になっても特に問題はないが。

「じゃあまあ、〝雪季《ふゆ》さん〟にしとくか。馴《な》れ馴《な》れしすぎても春太《はるた》郎《ろう》に殺されそうだしな」

「……悪かった、松風《まつかぜ》」

「チーズ明太子《めんたいこ》たこ焼き、一個多くよこせよ」

「はは、安く済んだな」

春太《はるた》は笑って、チーズ明太子《めんたいこ》たこ焼きのパックを丸ごと、松風《まつかぜ》のほうへ押しやる。

唐突《とうとつ》なタイミングだったが、松風《まつかぜ》は春太《はるた》が隠《かく》し事《ごと》のことを謝ったとすぐに気づいたのだろう。

松風《まつかぜ》がなんとも思っていないはずがないが、春太《はるた》は親友の友情に甘えることにする。

「俺ら、なんの話をしてたんだっけ？　そうだった、春太《はるた》郎《ろう》が霜月《しもつき》を手懐《てなず》けたって話か」

「そこに戻《もど》るのかよ。先に松風《まつかぜ》が透子《とうこ》と付き合ってるのかと思ったけどな」

「そういや、そこで俺もデタラメ言ったっけな」

松風《まつかぜ》は、霜月透子《しもつきとうこ》と肉体関係を持ったと大嘘《おおうそ》をついたことがあった。

「結局、アレなんだったんだ？　ちゃんと聞いてなかったな」

「さあな。とっさにデタラメが出たって感じだったな。まあ、また春太《はるた》郎《ろう》にやべぇ女が近づいてきたってな。そうなったら——アイツがな。アイツはもう春太《はるた》郎《ろう》に興味なさそうなフリしてっけど、本当はどうだかな」

「…………」

アイツ、とは氷《ひ》川《かわ》涼風《すずか》のことだろう。

松風《まつかぜ》は同級生だった涼風《すずか》が好きだった。今でも好きなのかもしれない。

だが、その涼風《すずか》は春太《はるた》のことが好きで、一度告ってきたこともあった。

松風《まつかぜ》は春太《はるた》に別の女子が近づいて、涼風《すずか》が悲しむ顔を見たくなかったのだろう。

あのときには、既《すで》に春太《はるた》は晶穂《あきほ》と付き合っていたが——男女のことなどどう転ぶかわからないのだから、松風《まつかぜ》が透子《とうこ》を警戒《けいかい》したのも無理はない。

「馬鹿言えよ、松風《まつかぜ》。おまえ、考えすぎなんだよ」

とはいえ、春太《はるた》は涼風《すずか》が今でも恋愛《れんあい》的な意味で好意を持ってくれているとは思っていない。

今は単なる友人同士で、雪季《ふゆ》の親友の姉だ。

「つーか、さらっと透子《とうこ》を〝やべぇ女〟とか言わなかったか？」

「ヤバくねぇのか？」

「……多少」

透子《とうこ》は一緒《いっしょ》に温泉に入ってきたりと、少しもヤバくないとは口が裂《さ》けても言えない。

「俺も人の恋路《こいじ》を邪魔《じゃま》するほど野暮《やぼ》じゃねぇからな。霜月《しもつき》がガチだっていうなら、むしろ応援《おうえん》してやってもいいくらいだ」

「極端《きょくたん》に変わりやがるな。透子《とうこ》だって受験生なんだから、恋愛《れんあい》どころじゃねぇだろ」

「……確かに、受験生は大変だな」

「ん？　なんだ、松風《まつかぜ》？」

松風《まつかぜ》が、春太《はるた》から視線を外し、あらぬ方向を見ている。

春太《はるた》がその視線の先、自分の背後を見ると――

「ふわぁ……あれぇ？　桜羽《さくらば》先輩《せんぱい》、松風先輩《まつかぜせんぱい》じゃないっすか……？」

黒髪《くろかみ》ボブカットに赤いフレームの眼鏡、学校指定の紺色《こんいろ》コートに白いマフラー。

ふらふらした足取りで春太《はるた》たちのテーブルに近づいてきたのは――

春太《はるた》たちの中学時代の後輩《こうはい》にして、雪季《ふゆ》の親友である冷泉素子《れいぜんもとこ》だった。

「先輩《せんぱい》たち、奇遇《きぐう》っすねぇ……ふぅ」

「お、おい、どうした、冷泉《れいぜん》？」

「あー……ちょっと気分転換《てんかん》したかったんすけど、今日はヒカも用事あるし、他の友達も受験勉強の追い込みでいっぱいいっぱいなんで」

「そりゃそうだろうな」

もう一月も下旬《げじゅん》、受験生がフラフラしていい時期ではない。

「冷泉《れいぜん》、おまえ、顔色悪いぞ。ちょっと座れ」

「わー、桜羽《さくらば》先輩《せんぱい》が優《やさ》しい……あ、その前に飲み物買ってくるっす」

「いいから、座ってろ。俺が買ってくるぞ。なにがいい？」

「大丈夫《だいじょうぶ》っす、後輩《こうはい》として先輩《せんぱい》をパシらせるわけにはいかないっす……」

冷泉《れいぜん》は弱々しい笑顔《えがお》で言って、ふらふらとフードコートのカウンターへ歩いて行く。

「あいつ、全然大丈夫《だいじょうぶ》じゃねぇな。あの冷泉《れいぜん》でも限界来てんのか」

「俺も、冷泉《れいぜん》は後輩《こうはい》女子三人組じゃ一番タフだと思ってたわ。春太郎《はるたろう》、あんま塩対応してやんなよ」

「俺だって鬼《おに》じゃねぇよ。だいたい、俺はカテキョの先生だぞ」

冷泉素子《れいぜんもとこ》は、後輩《こうはい》で妹の親友であると同時に、家庭教師の教え子だ。

ある意味、雪季《ふゆ》と晶穂《あきほ》の次に優先しなければならない相手と言える。

「実は俺はさ、もし春太郎《はるたろう》が誰《だれ》かと付き合うとしたら、冷泉《れいぜん》ワンチャンあると思ってた」

「は？　なにを根拠《こんきょ》に……」

「可愛《かわい》いしな。冷泉《れいぜん》は見た目はともかく、中身は体育会系で春太郎《はるたろう》と話も合うだろうし。それに、二人揃《そろ》って雪季《ふゆ》さんのこと好きだろ？」

「根拠《こんきょ》になってるような、なってないような……」

「まさか、高校で出会ったばかりの月夜見《つくよみ》さんと付き合い出すとは思わなかったけどな」

「今となっちゃ、遠い昔の話みたいだな」

実際、春太《はるた》の人生はイベントが盛りだくさんすぎて、時間が濃密《のうみつ》だ。

「しかし、冷泉《れいぜん》とアリだと思われてたとはな……」

「春太郎《はるたろう》の関係者じゃ一番可能性が高かったって話だな。ま、俺のカンなんてアテにならねぇよ。バスケは直感でプレイしてんのにな」

「そういや、クリパで冬野《とうの》つららさんと仲良くしてたな。あれ、どうだったんだ?」

松風《まつかぜ》は思い人はいるが、それとは別で女子と付き合うことはよくあった。

冬野《とうの》つららも、松風《まつかぜ》を悪くは思っていないようだった。

「アレは難しそうだな。雪季《ふゆ》さんと霜月《しもつき》の関係者らしいじゃねぇか」

「関係者っつーか、親戚《しんせき》だな」

「春太郎《はるたろう》の周り、人間関係が込《こ》み入《い》りすぎてないか?」

「言うな。俺もそろそろ、紙に書いて整理したほうがいいかとマジで考え始めてる」

ただ人間関係が複雑なだけでなく、血縁《けつえん》まで入り乱れている。

進学校に通う春太《はるた》の頭脳でも、整理しきれない。

「あのぉ、桜羽《さくらば》先輩《せんぱい》……」

「わっ。れ、冷泉《れいぜん》、飲み物買いに行ったんじゃねぇのか?」

いつの間にか、幽鬼《ゆうき》のように顔色が悪い冷泉《れいぜん》がそばに立っていた。

「お財布《さいふ》忘れてたっす……しかもスマホまで忘れてたっす……今の今まで気づいてなかったっす……」

「……そいつは重症《じゅうしょう》だな」

冷泉《れいぜん》の中学では休み時間ならば、スマホを触《さわ》ってもいい。

放課後まで気づかないとは、どれだけぼんやりしていたのか。

「おごってやるよ、冷泉《れいぜん》。ああ、一緒《いっしょ》に行く」

「すまないっすねえ、先輩《せんぱい》……」

別の友達からお呼びがかかったと、松風《まつかぜ》はどこかへ行ってしまった。

もしかすると、先輩《せんぱい》として、冷泉《れいぜん》にサービスしてやったのかもしれない。

春太《はるた》も、冷泉《れいぜん》を甘やかすことに異論はなかった。

財布《さいふ》を忘れた冷泉《れいぜん》に甘いカフェラテをおごってやったが、この後輩《こうはい》は死んだ顔のままで、回復しなかったらしい。

そこで、仕方なく――

「はぁ……やっと一息つけたっす」

「おまえ、家に帰ったほうがいいんじゃないか？」

冷泉《れいぜん》たちの中学そばにある、ネットカフェ。

そのペアシート、鍵《かぎ》付き防音個室の三時間コース。

春太《はるた》は冷泉《れいぜん》を連れてこの個室に入ったところだ。

二人でクッションに腰《こし》を下ろし、並んで座っている。

ペアシートは柔《やわ》らかいマットが敷《し》かれ、クッションも二つ。

テーブルにはデスクトップPCが置かれていて、部屋自体は二人でくつろぐには充分《じゅうぶん》なスペースがある。

「今日は家帰っても、オカンいないんすよ。一人ぼっちなんすよ、咳《せき》をしても一人なんすよ。可哀想《かわいそう》じゃないっすか、ボク？」

「だんだん調子が戻《もど》ってきてるじゃねぇか、冷泉《れいぜん》」

「なんだかなあ」

「ん？　なんだよ？」

「いえ、あのちびっこい先輩《せんぱい》さんもバイト先のエロいお姉さんも、それに霜月《しもつき》ちゃんだって下の名前で呼んでるじゃないっすか？　いつまでボクは冷泉《れいぜん》なんすかねえ。ボクが桜羽《さくらば》になるまでっすかねえ？」

「桜羽《さくらば》姓《せい》にする予定はねぇよ。雪季《ふゆ》が、自分を踏《ふ》み台《だい》に冷泉氷川《れいぜんひかわ》に近づくんじゃないかって警戒《けいかい》してんだよ。下の名前呼びは危険だな」

「フー、考えすぎじゃないっすかねえ！」

「桜羽姓《さくらばせい》になろうとしてるおまえも、充分《じゆうぶん》考えすぎだよ」

春太《はるた》は、ぽんと冷泉《れいぜん》の肩《かた》を押す。

「あうーっ」

冷泉《れいぜん》は大げさな悲鳴を上げて、わざとらしく転んだ。

店内は充分《じゆうぶん》に暖房《だんぼう》が効いているので、二人とも既《すで》にコートは脱《ぬ》いでいる。

転んだ冷泉《れいぜん》は、両脚《りようあし》が持ち上がり、短いスカートの中身が春太《はるた》の前に晒《さら》されてしまう。

ピンクのやたらと可愛《かわい》いパンツが丸見えだ。

「冷泉《れいぜん》、パンツ見えてんぞ。ふぅん、今日はピンクか。前は白いレースの——あれは勝負パンツだったか、普段《ふだん》ははかないんだな」

「せんぱぁいっ、可愛《かわい》い中学生のパンツ見といて、冷静なリアクションはやめるっす！」

「おい、でかい声で言うな」

防音とはいえ、周りには他の客もいるので、春太《はるた》は気が気ではない。

「俺の人生、いろいろありすぎて、女子中学生のパンツくらいじゃ動揺《どうよう》しねぇんだよ」

「先輩《せんぱい》、達観してるっすねえ……クラスの男子どもなんて、この素子《もとこ》ちゃんのパンツ見たら、丸三日は眠《ねむ》れないほど興奮するっすよ」

「ピュアすぎんだろ、母校の野郎《やろう》ども」

冷泉《れいぜん》の言い方は大げさだとしても、この眼鏡少女が学校で大人気であることは否定できない。

「あっ、安心してください。先輩《せんぱい》以外には、ボクのパンツ見せる気ないっすから」

「俺に見せる気があるのが問題だな……」

「ボク、先輩《せんぱい》が好きっす」

「……そういや、ちゃんと言われたの初めてかもな」

冷泉《れいぜん》はまだ寝転《ねころ》んだまま。

つまり、パンツを見せながらの告白だった。

「まー、さすがに先輩《せんぱい》にバレバレなのはわかってたっすからね。でも、今さらあらためて言うのもなんですし、なかなか言うチャンスが」

「あのな、冷泉《れいぜん》。言っとくが――」

「わかってるっす！　先輩《せんぱい》がちびっ子先輩《せんぱい》と付き合ってることも、フーが妹じゃなくて、先輩《せんぱい》のこと好きなのもわかってるっす！」

冷泉《れいぜん》はしなやかな動きで座り直し、ずいっと春太《はるた》に迫《せま》ってくる。

「……おまえ、元気じゃないか。さっき死にかけてたのに」

「先輩《せんぱい》と二人っきりになれて、体力全快っす。なんとなく寄り道したら先輩《せんぱい》に会えるなんて、もはや運命としか」

「松風《まつかぜ》もいたけどな」

「そっちも運命にしたら、ヒカに殺されるっす」

冷泉《れいぜん》と氷川《ひかわ》と雪季《ふゆ》、三人の友情は絶対のようだ。

「まー、先輩《せんぱい》を我が物にしたらフーに毒殺されるっすけどね」

「なんで雪季《ふゆ》は手段が悪辣《あくらつ》なんだよ」

三人の友情が怪《あや》しくなってきた。

「フーは物理的にボクに勝てないっすからね。でも真面目な話、ボクはフーと先輩《せんぱい》を取り合うつもりは一ミリもないっすよ」

「悪いが、俺も雪季《ふゆ》と冷泉《れいぜん》の争いは見たくねぇな……」

うぬぼれにもほどがある台詞《せりふ》だが、それが春太《はるた》の本音だった。

周りの女子たちが自分を巡《めぐ》って争うところなど見たくない。

「大丈夫《だいじょうぶ》っす、修羅場《しゅらば》にならないように細心の注意を払《はら》うっす。でも先輩《せんぱい》、ボクは〝合格のご褒美《ほうび》〟は忘れてないっすよ？」

「その話、本気ならもう一度話し合ったほうがいいか？」

「おっと、もう先払《さきばら》いを済ませてるんすからね。今さら、返すって言われてもそうは問屋が卸《おろ》さないっすよ」

「雪季《ふゆ》に変な言い回しを教えてるの、冷泉《れいぜん》か」

以前、雪季《ふゆ》も問屋がどうこうと言っていたことを思い出す。

「ところで、先輩《せんぱい》」

「なんだよ」

「ボク、割と限界っす。ガチに頑張《がんば》りすぎて、受験を前に力尽《ちからつ》きてしまいそうです」

「おい、恐《おそ》ろしいこと言うな。最後の模試、普通《ふつう》にA判定だったよな？」

冷泉《れいぜん》は、春太《はるた》が通っている悠凜館《ゆうりんかん》高校を受験する。

それなりの進学校であるので受験は簡単ではないが、冷泉《れいぜん》は元から成績も悪くなく、夏頃《ごろ》から勉強を頑張《がんば》ってきたので、もう合格圏内《けんない》に入っている。

「同じAでもフーやヒカとは違《ちが》うんす。先輩《せんぱい》なら、わかってるっすよね？」

「雪季《ふゆ》の場合は悠凜館《ゆうりんかん》とは学校のレベルが違《ちが》うし、氷川《ひかわ》はS判定なんてのがあったら、間違《まちが》いなくそれだろうな」

「ええ、ボクは必死に頑張《がんば》って、かろうじてAなんすよ。ちょっと無理してるんすから」

「俺はおまえの家庭教師だぞ。そんなこと、誰《だれ》よりわかってる」

冷泉《れいぜん》は松風《まつかぜ》が言ったとおり、賢《かしこ》そうな見た目に反して、体育会系だ。

本来であれば、進学校を目指す予定はなかっただろう。

「はっきり言いますが、ボクは桜羽《さくらば》先輩《せんぱい》が目当てで悠凜館《ゆうりんかん》に行くんすよ」

「あのな、ウチに来たって、俺と付き合えるわけじゃねぇぞ」

「チャンスを拡《ひろ》げられるでしょ。ボクは物わかりはいいけど、あきらめは悪いんす」

さらに、冷泉《れいぜん》はずいっと春太《はるた》に近づいてくる。

いや、近づくどころか、春太《はるた》の膝《ひざ》に乗っかるような体勢になっている。

「物わかり、よくねぇだろ……今さらどうにもならんが、そんな動機で高校決めてよかったのかよ？」

「なーんも後悔《こうかい》はないっす。ちびっこ先輩《せんぱい》と付き合い出そうと、フーが実の妹じゃないって判明しようが、また先輩《せんぱい》と同じ学校に通えるのが楽しみすぎるっす！」

「おまえ、強すぎる……って、待て待て、そんなグイグイ来るな、冷泉《れいぜん》！」

春太《はるた》は近づいてきた冷泉《れいぜん》の頭を押さえて、食い止める。

まるでキスでもしそうな勢いで危険すぎた。

「先輩《せんぱい》、もっと先払《さきばら》い……してもらえないっすか？　パンツを見せたくらいじゃ、払《はら》ったことにならないっすよね……？」

「……これ、どっちが払《はら》ってることになるんだ？」

春太《はるた》ばかりが得をしている気がしてならない。

「どっちもでいいっす。でも、ボクはご褒美《ほうび》を少しでも先にもらえたら、ラストスパート頑張《がんば》れるんすよ」

冷泉《れいぜん》はブレザーを脱《ぬ》ぎ、ブラウスの前をぷちぷちと開いて——ピンクのブラジャーもあらわにする。

同学年の雪季《ふゆ》や透子《とうこ》には及《およ》ばないが、中三にしてはそれなりに大きいふくらみが現れる。

「大丈夫《だいじょうぶ》っす、個室に防犯カメラがないのは確認《かくにん》済みっす」

「おまえ、抜《ぬ》け目《め》ねぇよな……」

「先輩《せんぱい》以外に見せたくないっすから。あ、眼鏡……外したほうがいいっすか？」

冷泉《れいぜん》は赤いフレームの眼鏡を、すっと外す。

春太《はるた》はこの後輩《こうはい》とは二年以上の付き合いになるが、眼鏡を外した姿はほとんど見たことがなかった。

意外なほど新鮮《しんせん》で——素顔《すがお》も意外なくらい可愛《かわい》い。

「……冷泉《れいぜん》は眼鏡かけてる顔が一番いいな。キモいか？」

「全然。ボクも眼鏡かけてる顔、気に入ってるっすから」

春太《はるた》は冷泉《れいぜん》の手を取って、赤フレーム眼鏡をかけ直してやった。

やはり、この後輩《こうはい》は嘘《うそ》くさいほど知的に見える顔がいい。

「あ、いや、眼鏡がいいからって、先払《さきばら》いとか……！　焦《あせ》るなよ、冷泉《れいぜん》！」

「ボクはまだ人生先が長い中学生っすけど、のんきではいられないっす」

冷泉《れいぜん》は、眼鏡をかけた顔を唇《くちびる》が触《ふ》れ合《あ》う寸前まで近づけてくる。

「先輩《せんぱい》が好きって気持ちは、今ここにあるものなんですよ。だから、まだ先があるからなんて、のんびり構えていられません」

「…………」

体育会系口調が抜《ぬ》けて、普《ふ》通《つう》の敬語になっている。

これが冷泉素子《れいぜんもとこ》の素の口調で、本気になったときの彼女の態度なのだ。

「だから、先輩《せんぱい》……少しだけ、〝私〟に頑張《がんば》る力をください……」

「……少しだけだぞ、素子」

「あ……はいっ……」

冷泉《れいぜん》は嬉《うれ》しそうに微笑《ほほえ》むと、目を閉じて唇《くちびる》を近づけてくる。

春太《はるた》は年下に甘いが——冷泉《れいぜん》をはねのけられないのは、ただそれだけの理由ではない。

この後輩《こうはい》のこともまた、妹たちと同じように放っておけないのだ。

第6話　妹はお兄ちゃんに甘えたい

春太《はるた》はベッドにどさりと横になった。

特に疲《つか》れるほどのことはしていないが、最近は疲労《ひろう》が激しい。

年末からドタバタしてきたために、疲《つか》れが抜《ぬ》ける暇《ひま》もないのかもしれない。

今日からは雪季《ふゆ》に食事をつくってもらって、栄養状態は改善されるだろうが。

ネットカフェから帰ってきたところで、もうすぐ夜の七時。

桜羽家《さくらばけ》では夕食ができ上がる時間帯だ。

さっきキッチンを覗《のぞ》いたら、雪季《ふゆ》は鼻歌まじりで料理中だった。

ずいぶんと機嫌《きげん》がよさそうで、やはり「家事をするな」とは言いづらい。

受験勉強を優先してもらいたいが、雪季《ふゆ》のメンタルを考えるとそうもいかないようだ。

あのタフな冷泉《れいぜん》ですら疲《つか》れ切《き》っていた様子を見たあとなら、尚更《なおさら》だ。

「ん？」

スマホが振動《しんどう》して、春太《はるた》はポケットから取り出して確認《かくにん》した。

冷泉《れいぜん》からのＬＩＮＥで、〝眼鏡を外した素子《もとこ》ちゃんも送っとくっす〟というメッセージとともに、写真が一枚届いている。

眼鏡のツルをくわえた、無駄《むだ》に艶《なま》めかしい冷泉《れいぜん》の写真だった。

「あいつ、俺を挑発《ちょうはつ》しないと気が済まないのか？」

冷泉《れいぜん》は可愛《かわい》いし、懐《なつ》いてくれるのも悪い気がするはずがない。

自分は年下に甘いというより、懐《なつ》いてくる年下が好きなのかもしれない、と春太《はるた》は思う。

「我ながらどうかと思うな……」

つぶやきつつ、春太《はるた》はなにげなくＬＩＮＥのトーク相手の一覧をスクロールさせる。

春太《はるた》がＬＩＮＥを送る相手は雪季《ふゆ》が一番多く、晶穂《あきほ》は面倒《めんどう》くさいのかやり取りは少ない。

松風《まつかぜ》は必要最小限、他の男友達と大差ない。

冷泉《れいぜん》が雪季《ふゆ》の次に多く、美波《みなみ》も業務連絡《れんらく》があるので多めだ。

業務連絡《れんらく》といえば、青葉《あおば》キラとのやり取りも最近は増えている。

透子《とうこ》はＬＩＮＥが苦手なようでめったに送ってこないし、スタンプも使わない。

最近増えたのは氷川《ひかわ》姉妹《しまい》で、特に涼風《すずか》のほうは夕方や真夜中など、空腹を覚えやすい時間帯に美味《おい》しそうなサンドイッチやスイーツの写真を送ってくる。

完全にイヤガラセだった。

もしかすると、中学時代に春太《はるた》にフラれたことを根に持っているのでは？　と疑ってしまう。

もちろん、涼風《すずか》は面白《おもしろ》がってイヤガラセをしているだけに決まっているが。

「あ……」

スクロールしたトーク相手の中に、「秋葉《あきは》」の名前を見つける。
秋葉《あきは》の最後のメッセージは読み返すのもためらわれたが……。
メッセージにオンラインストレージのURLがあり、〝harutahimitu〟という
ファイル名がつけられている。
ファイルのダウンロードには期限があったので、すぐにスマホとノートPCのストレージに
落として、さらに念のためにクラウドにもバックアップを取ってある。
秋葉《あきは》が最後に送ってきたファイルを万が一にも無くすわけにはいかない。
「これ、パスはマジでなんなんだ……？」
ファイルは圧縮されていて、解凍《かいとう》して中身を確認《かくにん》するにはパスワードが必要だ。
幸い、パスワードの打ち込み回数の制限はなく、何度でもトライできるが――正直なところ、
晶穂《あきほ》の名前や誕生日、それに春太《はるた》の母の名前や誕生日、没年《ぼつねん》月日なども試《ため》してみたが、解凍《かいとう》
できなかった。
春太《はるた》は心当たりが少ない。
さらに、秋葉《あきは》と春太《はるた》の母の翠璃《みどり》が高校時代に組んでいたユニット〝LAST LEAF〟も
通らない。
そんな単純ではないようだが――ヒントすらないのだから、単純にしてほしかった。
晶穂《あきほ》に訊《き》けば候補も上がるだろうが、まだ母を亡《な》くしたばかりの娘《むすめ》の傷をえぐるマネになっ

てしまう。

「急いで見ろってことなら、パスなんてつけねぇだろうし……うーん、わからん」

正直、春太《はるた》としては中を見たいような、見るのが怖《こわ》いような気持ちだ。

秋葉《あきは》の最後の遺言《ゆいごん》ですら、まだ受け止め切れていない。

「あ、あのぉ……お兄ちゃん？」

「わっ、雪季《ふゆ》か。どうしたんだ？」

春太《はるた》が顔を上げると、ドアのところに雪季《ふゆ》が立っていた。

制服のブラウスの上にエプロンを着けた格好だった。

ただ、なぜか可愛《かわい》い顔が赤くなっている。

「い、いえ……スマホを熱心に見ているので……え、えっちな動画でも観《み》てるのかと」

「ち、違《ちが》うって！　ちょっと気になることを調べてただけで！」

「で、ですよね。えっちな姿が観《み》たいなら、妹の私がいくらでも協力しますし……」

「…………」

人に聞かれたら、あまりにも危険すぎるワードだった。

「え、えっと、気になることってなんですか？」

「ああ、雪季《ふゆ》には言ってもいいか。秋葉《あきは》さんから前にもらった圧縮ファイルがあるんだが、鍵《かぎ》がかかってるんだよ」

「秋葉《あきは》さんから……パスワード、試《ため》してみたんですか？」

雪季《ふゆ》はまだ秋葉《あきは》の名前を聞くと、悲しそうな顔をする。

葬儀《そうぎ》の前後は、悲しみを押し隠していた晶穂《あきほ》より雪季《ふゆ》のほうが落ち込んでいるように見えたほどだ。

「いくつか試《ため》したが、開かない。でも、俺が思いつくようなワードなんだろうな」

「すぐに開けないことに意味があるんでしょうか。それとも、あとでお兄ちゃんに教えるつもりだったとか……」

「そこまで考えてなかったな。というか、俺、思考停止してたな……」

春太《はるた》は開くかどうか試《ため》すことしか思いつかなかったので、雪季《ふゆ》のほうが頭が回っている。

秋葉《あきは》もファイルを送信した時点では、自分の身になにが起きるか予想していなかったはずだ。

あとで教えるつもりで、特にヒントもないのなら解凍《かいとう》は絶望的だ。

あの〝遺言《ゆいごん》〟になったメッセージとともに送られてきたファイルを放置はできないが――

「晶穂《あきほ》か俺の母親に関するものが入ってるんだろうが……母親に関するワードとかだと、調べようがないよな」

もしかすると、春太《はるた》には開けないのかもしれないと思えてきた。

「……っと、なんか用があってきたんだよな、雪季《ふゆ》？」

「あ、そろそろご飯ができるので。今夜はカレーですよ」

「おおっ、雪季《ふゆ》のカレーか。それは嬉《うれ》しい」

そんなコトコト煮込《にこ》んで時間がかかる料理をしなくていいのに、とも思うが、それはそれ。

春太《はるた》は、雪季《ふゆ》のカレーは世界一の好物と言ってもいい。

「あれ、晶穂《あきほ》がまだ帰ってないよな？　カラオケとか言ってたが」

「お友達とファミレスで食べるってLINEきてましたよ」

「なんだ、せっかく雪季《ふゆ》が料理に復帰したのに一食逃《のが》すなんてもったいない」

「い、いえ、無理に毎日食べなくても……あと、晶穂《あきほ》さん、カレーなら帰ってから食べるから置いといてって」

「一日四食かよ」

晶穂《あきほ》は小柄《こがら》な身体《からだ》に似合わず大食いで、しかも食い意地が張っている。

「じゃあ、すぐに下に来てくださいね。カレー、よそっておきますから」

「ああ」

春太《はるた》が頷《うなず》くと、雪季《ふゆ》はちゅっとキスして部屋を出て行った。

やはり、妹に戻《もど》ってからキスする習慣まで戻《もど》るというのも変な話だ——

しかし、春太《はるた》にとっては妹が部屋で着替《きが》えをしたり、過剰《かじょう》なスキンシップをするほうがしっくりきてしまう。

異常な兄妹《きょうだい》であることはわかっているが、その異常な状態のほうが桜羽家《さくらばけ》では自然なのだ。

雪季《ふゆ》のカレーは、やはり美味《うま》かった。

普段《ふだん》は月に一回ほどの間隔《かんかく》でつくっていたが、年末年始のドタバタや受験の追い込みもあってつくってもらっていなかった。

考えてみれば、雪季《ふゆ》が家を出ればもう食べられなくなってしまう――

春太《はるた》が先送りにしている問題の一つ、雪季《ふゆ》の独立を認めるかどうか。

この問題には明確な期限があり、一ヶ月後には結論を出さなければならない。

「お兄ちゃーん、大丈夫《だいじょうぶ》ですか？　やっぱり私が食器も洗いましょうか？」

「いや、さすがにこれくらいはやらせてくれ」

春太《はるた》は流しで二人分の食器を洗っている。

残念ながら、桜羽家《さくらばけ》には食洗機がない。

雪季《ふゆ》が「自分で洗うのが一番綺麗《きれい》にできます」と言い張って、導入をずっと見送ってきた。

「でも、お兄ちゃん、今朝はうっかり忘れてましたけど、指のケガは……？」

「もうだいぶよくなってる。晶穂《あきほ》によると、ずっと弾《ひ》いてると指の皮が厚くなってケガしづらくなるらしい」

別に、春太《はるた》はそこまで熱心にベースを練習するつもりもないが。

今は人手がないから春太《はるた》が表に出ているだけで、UCuber《ユーキユーバー》になりたいわけではないのだから。

「バスケやってた頃《ころ》よりキツいくらいだったが、慣れてきたしな」

「バスケ部だった頃《ころ》のお兄ちゃんも格好よかったですね……いつだったかの3on3も楽しかったです」

雪季《ふゆ》が、ふわわと夢見るような目をしている。

「冷泉《れいぜん》たちとやったときか。そんなこともあったな。晶穂《あきほ》の手伝いのほうはもうちょい続けるから、そっちを楽しみにしといてくれ」

「はい、お兄ちゃんの動画は受験生の死んだ心を生き返らせてくれます」

「死んでたのかよ。よし、終わった。どうだ、雪季《ふゆ》？」

「ふーむふむふむ……合格です、お兄ちゃん！　ピッカピカに洗えてます！」

雪季《ふゆ》は洗い終えてラックに置かれた食器を一通りしっかり確認《かくにん》してから、嬉《うれ》しそうにサムズアップした。

雪季《ふゆ》は家事には厳しいので、本当に合格なのだろう。

「指は大丈夫《だいじょうぶ》ですか？　沁《し》みなかったですか？」

「一応手袋《てぶくろ》もしてたし、全然平気だよ。そんな心配しなくても」

春太《はるた》は薄手《うすで》のゴム手袋《てぶくろ》を外し、ゴミ箱に放り込む。

「じゃあ、お風呂《ふろ》入りましょうか、お兄ちゃん」

「そうするか」

春太《はるた》は頷《うなず》いて、着替《きが》えを取りに自分の部屋へ戻《もど》る。

寝間着《ねまき》を回収して、風呂場《ふろば》へと向かう。

「あ」

「おっ、早いな、雪季《ふゆ》」

風呂場《ふろば》のドアを開けると、雪季《ふゆ》が服を脱《ぬ》いでいるところだった。

制服のブラウスを脱《ぬ》ぎ、スカートを下ろそうとしている。

朝も見た白のブラジャーもパンツも、やはり雪季《ふゆ》にはよく似合う。

「そういや、脱衣所《だついじょ》で一緒《いっしょ》になるのも久しぶりだなあ」

「ですね。最近、ウチは人が多いですからね」

雪季《ふゆ》はくすくすと笑って、スカートを下ろして靴下《くつした》も脱《ぬ》ぐ。

晶穂《あきほ》も父も帰りはまだ先なので、急ぐ必要もないが、早めに済ませたほうがいい。

妹と一緒《いっしょ》に風呂《ふろ》に入るだけなら、なにも後ろめたいことはないが。

晶穂《あきほ》や父に変な誤解をされては困る。

「……ん？　雪季《ふゆ》、そのブラ、なんかキツそうに見えるんだが？」

「わ、鋭《するど》いですね、お兄ちゃん。また少し胸が大きくなったみたいで……ギリギリです」

雪季《ふゆ》は、ブラジャーのカップを軽く引っ張るようにした。

ちらっ、と桃色《ももいろ》のなにかが見えたが春太《はるた》は気にしない。

「今年のお年玉が全部下着代に消えてしまいそうで、憂鬱《ゆううつ》です……」

「それはさすがに親に……父さんには言いにくいか。俺から母さんに頼《たの》んどくよ」

「わぁっ、さすがお兄ちゃんです！」

雪季《ふゆ》のブラのサイズが合わなくなるのはいつものことだ。

そのたびに小遣《こづか》いで買い直していたら破産だし、かといって合わないものを身に着けさせるわけにもいかない。

雪季《ふゆ》は中一からブラジャーを着け始めたが、この三年で何度買い直してきたことか。

そのたびに、春太《はるた》が親に買い直すお金を出してもらうように頼《たの》んでいる。

新しいブラを兄に見せびらかすような妹だが、両親に下着代をおねだりするのは恥《は》ずかしいらしい。

「うっ……寒いです、お兄ちゃん、先に入っちゃいますね」

「ああ、どうぞ」

春太《はるた》が頷《うなず》くと、雪季《ふゆ》はブラジャーを外し、成長した二つのふくらみがぷるんとあらわになる。

さらにパンツも一気に脱《ぬ》ぎ、一応タオルを身体《からだ》に当てて風呂場《ふろば》に入っていった。

真っ白で小ぶりなお尻《しり》が、春太《はるた》の目に飛び込んでくる。

「タオルを当てるようになったのは、いいことかどうか……」

春太《はるた》は苦笑《くしょう》して、服を脱《ぬ》いでから一応タオルを腰《こし》に巻いて風呂場《ふろば》の戸を開ける。

「はぁ……あったかいです……天国です……もうお風呂《ふろ》に住みたい……」

雪季《ふゆ》が熱いシャワーを全身に浴びながら、うっとりしている。

寒さに弱い雪季《ふゆ》は、熱いシャワーが大好きだ。

放っておくといつまでも浴び続け、桜羽家《さくらばけ》のガス代がとんでもないことになりかねない。

「シャワーで満足したら、先に浸《つ》かっとけ、雪季《ふゆ》。俺が先に身体《からだ》洗うよ」

「はい、先にあったまらせてもらいます」

シャワーであたたまるのは前座で、雪季《ふゆ》は熱めに沸《わ》かした湯船に浸《つ》かることをなによりも愛している。

雪季《ふゆ》はシャワーを止めると、湯船にゆっくりと浸《つ》かる。

「はー、やっぱり冬のお風呂《ふろ》は最高ですね」

「おまえ、冬が大嫌《だいきら》いだろ」

「あ、お兄ちゃんの口から『ふゆがだいきらい』って言われると、ドキッとします」

「ウィンターの意味だってわかってるだろ」

雪季《ふゆ》と冬の同音語ネタは、子供の頃《ころ》から何度となくお互《たが》いに口にしてきたジョークだ。

もちろん、雪季《ふゆ》も舌を出してへへへと笑っている。

春太《はるた》は髪《かみ》を洗い、バスチェアに座って身体《からだ》も洗う。

あたたかい時季なら雪季《ふゆ》が背中を流してくれるところだが、冬になると妹は寒さに負けて湯船から出てこようとしない。

「……お兄ちゃんもまた背が伸《の》びてますよね？　なんか背中が大きくなったような」

「背中のサイズでわかるのか？　この一年でまた伸《の》びたが、さすがにもう成長止まるよなあ」

去年の春の健康診断《しんだん》では181センチだったが、今は3、4センチは伸《の》びているだろう。

春太《はるた》はスポーツをやる気もないし、晶穂《あきほ》の動画のベーシストとしてもこれ以上の背丈《せたけ》は必要ないので、止まってほしいところだ。

「そういう雪季《ふゆ》もこの一年で伸《の》びたんじゃないか？　前に松風《まつかぜ》も言ってたが、もう170は超《こ》えてるよな？」

「ま、松風《まつかぜ》さん、なんてことを……！　どうしてバレてるんですか！」

雪季《ふゆ》は興奮して立ち上がり、その170センチ超《ご》えのしなやかな身体《からだ》を晒《さら》している。

「ちなみに、何センチだ？」

「測ってませんよ。私、ある意味高校受験より次の身長測定のほうが怖《こわ》いです」

「俺より10センチ下ってトコかな。173くらいか……」

「わー、目測もしないでください！　これ以上成長したら、着られる服が減りそうで怖《こわ》いんです！　可愛《かわい》い服も似合いません！」

「いや、普通《ふつう》に似合うだろ。それに、今は背の高い女子も多いから、むしろ選択肢《せんたくし》が広がるんじゃないか？」

「なるほど……！　だったら173センチでもおっけーです！」

雪季《ふゆ》はぐっと拳《こぶし》を握《にぎ》り締めて、笑《え》みを浮《う》かべている。

あっさりと気が変わる妹だった。

全裸《ぜんら》をそのまま晒《さら》し、雪季《ふゆ》が身体《からだ》を弾《はず》ませると同時に二つのふくらみが揺《ゆ》れている。

春太《はるた》は、そのほのかに赤く染まった身体《からだ》を見つめて――

「……雪季《ふゆ》、体重はどのくらいだ？」

「ジャスト53キロです」

普通《ふつう》なら乙女《おとめ》が秘密にしたがる体重も、兄にならあっさりと明かしてしまう妹だった。

「173で53？　ちょっと軽すぎないか？」

雪季《ふゆ》は胸はもちろん、尻《しり》や太ももにはきちんと肉がついている。

それでいて53キロとは……バランスが奇跡《きせき》的にいいのか、脂肪《しぼう》が少ないのか。

「背が伸《の》びて胸も大きくなってるのに、不思議と体重は増えませんね。いえ、私、これでも節制してるんですよ？」

「それは知ってるよ」

雪季《ふゆ》は、コンビニスイーツなどもめったに食べない。

一緒《いっしょ》にコンビニに行くと、目をキラキラさせてスイーツを見ているので春太《はるた》が買ってやろうとしても我慢《がまん》している。

雪季《ふゆ》の美容に懸《か》ける努力は、誰《だれ》も否定できないだろう。

「……って、寒いです！　せっかくあったまったのに冷え冷えです！」

「ああ、悪い。でも、俺洗い終わったから交代だぞ」

「もうちょっとだけ待ってください……一緒《いっしょ》に浸《つ》かりましょう」

「………」

雪季《ふゆ》は、湯船の隅《すみ》に移動して春太《はるた》に入るように促《うなが》してくる。

春太《はるた》が湯船に深く身体《からだ》を沈《しず》めると――

「では、失礼しますね、お兄ちゃん」

「おっ……」

雪季《ふゆ》が、春太《はるた》の太ももに乗っかるようにして座ってくる。

柔《やわ》らかなお尻《しり》の感覚が伝わってきて――肉づきの薄《うす》い背中も春太《はるた》の胸に押しつけられる。

「こういう入り方は珍《めずら》しいな」

「む、向き合ってると、ちょっと恥《は》ずかしいじゃないですか」

さっき堂々と裸身《らしん》を晒《さら》しておいて、変なことで照れる妹だった。

以前なら、一緒《いっしょ》に浸《つ》かるときは互《たが》いに向き合うような体勢が多かった。

子供のように膝《ひざ》の上に乗ってくるのは、ここ数年というスパンで見ても珍《めずら》しい。

「なんか安心します……お兄ちゃんとこうしてくっついてたら」

「まあ、好きなだけくっついてくれ。もっとこうしても……」

「きゃっ……」

春太《はるた》は雪季《ふゆ》の細い腰《こし》に腕《うで》を回し、そっと抱《だ》き寄《よ》せるようにする。

雪季《ふゆ》の柔《やわ》らかく、すべすべした肌《はだ》の感触《かんしょく》が全身に伝わってくるかのようだ。

「やっぱり……お兄ちゃんは、お兄ちゃんなのかもです……」

「なんだ、それは……」

雪季《ふゆ》は身体《からだ》の力を抜《ぬ》いて、春太《はるた》に身を任せるかのようだ。

春太《はるた》はさらにぎゅっと強く、妹の細すぎる身体《からだ》を抱《だ》きしめて――

雪季《ふゆ》の言うとおりかもしれない、と思った。

自分はやはり雪季《ふゆ》の兄であり、こうしてお互《たが》いにくっつくことがあまりにも自然すぎる。

周りからは異常に見えても、これが桜羽《さくらば》春太《はるた》とその妹のごく当たり前の日常なのだ。

もしかすると、雪季《ふゆ》が意図して妹に戻《もど》ろうとしなくても、二人の関係は元に戻《もど》っていたのかもしれない。

十数年積み上げてきた、兄と妹の時間は決して脆《もろ》くはないようだ――

第7話　妹は未来を垣間見《かいまみ》たい

「うん、朝カレー美味《うま》い。あたし、朝からカレー食べんの、人生初かも」

桜羽家《さくらばけ》、朝の食卓《しょくたく》。

晶穂《あきほ》は、もぐもぐとカレーを食べながらご機嫌《きげん》だ。

「よく食うな。晶穂《あきほ》、昨日も帰ってからカレー食ってたよな？」

「カレーは二日目が美味《おい》しいのは常識じゃん？　昨夜のカレーとは別物だよ」

「あはは、ありがとうございます、晶穂《あきほ》さん」

春太《はるた》と晶穂《あきほ》は普通《ふつう》にカレー皿に盛り、節制している雪季《ふゆ》は小さい皿にカレーだけ盛ってライスは抜《ぬ》きだ。

「今夜の分もまだあるんだよね？　そうだ、カツカレーも食べたいなあ」

「おいこら、揚《あ》げ物《もの》なんて手間のかかるものは無理だろ」

「あ、最初からカツカレーの予定でした。これ、今日のお買い物リストです」

雪季《ふゆ》はポケットからメモ用紙を取り出した。

晶穂《あきほ》に気を遣《つか》ったわけではないようで、確かに「豚《ぶた》ロース」や「パン粉」と書かれている。

「晩ご飯はしっかり美味《おい》しい物を食べないと。お兄ちゃんも晶穂《あきほ》さんもたくさん食べてくれるのも嬉《うれ》しいですし！」

「そ、そうか」

雪季《ふゆ》はすっかり料理の喜びを思い出しているようだ。

こんなにやる気満々の姿を見せられたら、手間がかかる料理はダメだとは言いにくい。

「晶穂《あきほ》さんも楽しみにしててくださいね」

「わお、ありがと。今日はおやつ抜《ぬ》きで晩ご飯に備えとくよ。ああ、今日撮影《さつえい》があったら無駄《むだ》に動き回ってカロリー消費しとくのに！」

「おまえ、すげー動き回るからなあ。撮影《さつえい》も編集も大変なんだよ」

「あたしはハルを信じてるから、好きに動けるんだよ」

「信頼《しんらい》が重いな……」

晶穂《あきほ》は普段《ふだん》はこれでおとなしいものだが、演奏となると人が変わったように暴れ回る。

文化祭のステージではそれが受けていたし、動きがあったほうが映像的にも面白《おもしろ》いが、撮影《さつえい》と編集作業が大変なのは事実だ。

「お兄ちゃんもしっかり食べて頑張《がんば》ってください。もちろん、私も——あれ、LINE？　つららちゃん先輩《せんぱい》からです」

雪季《ふゆ》はソファに置いてあったスマホを取り上げて、メッセージを確認《かくにん》している。

「つららさん、今度はなんなんだ？　まさか、ミナジョでタトゥーが解禁になったとか言わないよな？」

「お兄ちゃん、朗報です」

「は？」

朗報、はネット用語で見出しによく使われるので雪季《ふゆ》も意味を知っている。

雪季《ふゆ》は、きょとんとする兄ににっこり笑いかけてきた。


今日も、何事もなく悠凜館《ゆうりんかん》高校の授業は終了《しゅうりょう》した。

この時期の高校一年生の毎日は、やはり平穏《へいおん》そのものだった。

「あ、お兄ちゃーん、こっちです」

「おお」

悠凜館《ゆうりんかん》高校の最寄《もよ》り駅《えき》から電車で数分、到着《とうちゃく》した駅を出ると。

コートにマフラー姿の雪季《ふゆ》がにこにこ笑って、手を振《ふ》ってきた。

「悪い、待たせたか？」

「いえ、今来たところです」

「はは、なんかデートの待ち合わせみたいだな」

「兄妹《きょうだい》でデートしたって問題ないじゃないですか♡」

雪季《ふゆ》は嬉《うれ》しそうに言って、春太《はるた》に腕《うで》を絡《から》めてくる。

確かにそのとおり、兄妹《きょうだい》でのデートなど春太《はるた》と雪季《ふゆ》は数え切れないほどやってきた。

「というか、私が今来たところじゃなかったら、カフェに避難《ひなん》してますよ」

「そりゃそうだ」

雪季《ふゆ》は兄を待つためなら寒空の下でも我慢《がまん》しかねないが、この時期にまた風邪《かぜ》を引いたりしたら笑えない。

春太《はるた》は雪季《ふゆ》に寒さ対策を徹底《てってい》するように指示している。

「それじゃ、行きましょう」

「ああ、こっちだったな」

春太《はるた》と雪季《ふゆ》の行き先は、アパート〝雪風荘《ゆきかぜそう》〟だ。

別に雪季《ふゆ》の名前から一字取ったわけではないが、寒々しい名前のアパートだ。

雪季《ふゆ》が無事に高校に合格したら、家を出て一人暮らしをする予定のアパートでもある。

二人で行くのは二度目で、迷うことなくアパート前に到着《とうちゃく》した。

三階建ての茶色いアパートで、多少古くはあっても小綺麗《こぎれい》で印象は悪くない。

「……突然《とつぜん》、隕石《いんせき》が落ちて消滅《しょうめつ》しねぇかな、このアパート」

「なんてこと言うんですか、お兄ちゃん！」

「冗談《じょうだん》だよ。犠牲者《ぎせいしゃ》は出てほしくない」

「建物は壊滅《かいめつ》してほしいんですね……」

雪季《ふゆ》は呆《あき》れているが、春太《はるた》は割と本気だった。

今でも春太《はるた》は、雪季《ふゆ》が桜羽《さくらば》家《け》を出て一人暮らしをする話に賛成できていない。

妹の意思を尊重したいので、反対とも言い切れないのが難しいところだ。

「おー、桜羽《さくらば》くん、ふゆゆ、ようこそ！」

「……どうも」

「ふ、ふゆゆ？」

雪風荘《ゆきかぜそう》の玄関《げんかん》ドアが勢いよく開いて、出てきたのは冬野《とうの》つららだった。

ベージュのセーラー服に、薄《うす》いブラウンのミニスカート――水流川女子《みながわじょし》の制服姿。

メイクもばっちり決めたギャルで、髪《かみ》は明るい茶色のセミロング、ブラウンのベレー帽《ぼう》もかぶっている。

つららはこのアパートのオーナーの娘《むすめ》で、管理人のようなものらしい。

しかも、霜月透子《しもつきとうこ》の親戚《しんせき》でもある。

さらにオーナーは雪季《ふゆ》の母の友人で、そのツテで雪季《ふゆ》はこのアパートに入ることになった。

もう一つ付け加えると、つららは春太《はるた》と同じ高校一年生で、順調にいけば春には雪季《ふゆ》の先輩《せんぱい》となる。

「……つららさん、属性が渋滞《じゅうたい》してないか？」

「は？　なんの話？」

「いや、なんでもない。えーと、ご招待いただきありがとうっつーか」

「はは、ウチら同い年《タメ》なんだし、そんなかしこまらなくても。まあ、ウチとしてもご家族にも部屋を見といてもらわないとね」

そう、訪問の目的は雪風荘《ゆきかぜそう》の内見だ。

朗報、というのは引《ひ》っ越《こ》し先の見学ができるという話のことだった。

まだ雪季《ふゆ》が住むと確定したわけではないが、部屋を確認《かくにん》しておく必要はある。

見るだけなら損はない、と春太《はるた》も思っている。

雪風荘《ゆきかぜそう》の内部は、掃除《そうじ》が行き届いていて清潔そうだった。

基本的には一般人《いっぱんじん》も入居できるアパートらしいが、実態は水流川女子《みながわじょし》の寮《りょう》のようなもので、住人は全員女性。

春太《はるた》は、いい香りがすることに気づいたが、変態くさいので口には出さない。

玄関《げんかん》から中に入り、春太《はるた》と雪季《ふゆ》はつららに先導されてついていく。

「ホントはウチ、キツめに男子禁制なんだよねー。基本、引《ひ》っ越《こ》しのとき以外は野郎《やろう》どもの立ち入りは一切《いっさい》禁止で。オーナーの親父《おやじ》殿《どの》ですら何年も入ったことないし」

「そりゃ極端《きょくたん》だな」

だが、春太《はるた》としては歓迎《かんげい》すべき話だ。

雪季《ふゆ》が住む——かもしれない——アパートに変な虫が寄りついては困る。

「今日は、桜羽《さくらば》くんが来ることはウチが住民のみんなに話を通しといたから」

「そんなに厳しいのに、よく俺だけ入れてくれたな」

「クリパんとき、アッキーと話したんだけどさ」

「アッキーって……晶穂《あきほ》とそんなに仲良くなってたのか」

晶穂《あきほ》はコミュ力は高いし、ギャルのつららも同様だろう。

「アッキー曰《いわ》く、桜羽《さくらば》くんはシスコンで普通《ふつう》の女には無害だって」

「悪い、見学は今度にしていいか？　ちょっと晶穂《あきほ》に言い聞かせないと」

「ま、待ってください、お兄ちゃん！　私が住む部屋、一緒《いっしょ》に見てくれるんですよね⁉」

「……そうだった」

どうも、晶穂《あきほ》はいろいろな意味で野放しにしておけない。

最近は春太《はるた》と共通の知人友人も増えたので、今後なにを吹《ふ》き込《こ》まれるか警戒《けいかい》したほうがよさそうだ。

「話、まとまった？　あ、ふゆゆの部屋は三階ね。別に学年ごとにフロアが分かれてるわけでもなくて。空き部屋に放り込む感じだね。ちな、トコちゃんも三階に入る予定」

「あっ、そうなんですか。よかった……」

雪季《ふゆ》は、胸をなで下ろしている。

人見知りの雪季《ふゆ》には、従姉妹《いとこ》で友人の霜月透子《しもつきとうこ》が同じ階だというのは心強いだろう。

「ふーん……アパートっていうよりまさに寮《りょう》って感じだな」

「流行《はや》りのシェアハウスっぽさもあります」

春太《はるた》が階段を上がりながらつぶやくと、雪季《ふゆ》も頷《うなず》いてそう言った。

雪風荘《ゆきかぜそう》の玄関《げんかん》では靴《くつ》を脱《ぬ》いで、スリッパに履《は》き替《か》えている。

普通《ふつう》のアパートなら自分の部屋まで土足が多いし、雪風荘《ゆきかぜそう》は集合住宅というより一軒家《いっけんや》に近いかもしれない。

「ああ、ここだよ。どうぞ、住人の許可はもらってるから入って」

つららは三階の部屋の前で立ち止まると、鍵《かぎ》を使ってドアを開けた。

今日は、春太《はるた》も雪季《ふゆ》も部屋の内部を見せてもらえるのだ。

「つっても、住人はもうここを出てるけどね」

事情があって、一月いっぱいで退去する住人がいたらしい。

そのおかげで、学校の卒業前のこの時期に室内を見学することができるのだ。

「へえー、けっこう綺麗《きれい》ですね」

雪季《ふゆ》は、さっそく室内をきょろきょろと見回している。

いわゆるワンルームタイプの間取りだった。

「ユニットバスじゃなくてバス・トイレ別なんだよな？」

「まー、お年頃《としごろ》の女子が住む前提で建ててるしねー。デリケートな子もいるだろうから。こっちがトイレで、こっちがお風呂《ふろ》。前の住人が綺麗《きれい》に掃除《そうじ》していったけど、あとで業者さんがクリーニングするよー」

春太《はるた》が事前に聞いていた情報を確認《かくにん》すると、つららがトイレと風呂《ふろ》のドアを開けてくれた。

風呂《ふろ》は脱衣《だつい》所と言えるほどのスペースもないが、トイレは新しくて綺麗《きれい》そうだ。

雪季《ふゆ》は潔癖症《けっぺきしょう》ではないが、人見知りなので風呂《ふろ》やトイレが共同だったら厳しかっただろう。

「お風呂《ふろ》、背ぇ高いふゆゆにはちょっと狭《せま》いかもだけど、そこは我慢《がまん》して」

「長湯するのは難しそうだな」

風呂《ふろ》も、桜羽《さくらば》家《け》の狭《せま》い風呂《ふろ》よりさらに狭《せま》い。

アパートサイズならこんなものだろうが、風呂《ふろ》が好きな雪季《ふゆ》には厳しいのではないか。

「なんなら近所に新しくて綺麗《きれい》なスパ銭もあるよ」

「うっ、スパ銭ですか……友達に誘《さそ》われることもあるんですけど……」

雪季《ふゆ》は人見知りな上に恥《は》ずかしがりなので、スーパー銭湯も慣れるまでは厳しそうだ。

春太《はるた》は、「前に透子《とうこ》とスパ銭行ってイチャついてきたよ」とはもちろん言わない。

とにかく、風呂《ふろ》のサイズはどうにもならないので見学を続けることにする。

「部屋は六畳《じょう》、キッチンは……まあ、こんなもんだよ」

「ちょっと、本格的なお料理は難しそうですね……」

料理好きの雪季《ふゆ》には、キッチンの設備は物足りないようだ。

流しとＩＨのコンロが一つで、遊び程度のものだ。

コンロは二つ以上ほしい、というのは最近料理を少しは覚えた春太《はるた》にもわかる。

「でも、一階に共同のキッチンがあって、そこは各部屋のキッチンより設備も整ってるから。大容量のオーブンレンジまであるよ」

「オ、オーブンレンジ……憧《あこが》れです……！」

雪季《ふゆ》の目がキラキラしている。

残念ながら、桜羽家《さくらばけ》は経済的理由で調理設備が充実《じゅうじつ》しているとは言えない。

「そのキッチンって、私でも使えるんでしょうか……？」

「もちろん誰《だれ》でも好きに使えるよ。よく、みんなで鍋《なべ》パしたりたこパしたりピザパしたり餃子《ぎょうざ》パしたりするよ」

「よ、陽キャの巣ですか……？」

雪季《ふゆ》は自分が陽キャの化身《けしん》のような見た目にもかかわらず、陽キャを強く警戒《けいかい》している。

「大丈夫《だいじょうぶ》だよ、怖《こわ》がらなくて。みんなだいたい友達、笑顔《えがお》の絶えないアパートです」

「笑顔《えがお》が絶えないって、ブラックな職場の枕詞《まくらことば》じゃねぇか？」

春太《はるた》は別な意味で、雪季《ふゆ》を独立させたくなってきた。

雪風荘《ゆきかぜそう》が陽キャの巣窟《そうくつ》なら、雪季《ふゆ》には住みづらいだろう。

「い、いえ……住めば都って透子《とうこ》ちゃんも言ってました。透子《とうこ》ちゃんも、つららちゃん先輩《せんぱい》もいるんだから大丈夫《だいじょうぶ》です！」

「お、ウチも？　君、可愛《かわい》いねえ。ふゆゆ、可愛《かわい》がられるすべを心得てるねえ」

「あのな、雪季《ふゆ》はこれで天然だからな？」

雪季《ふゆ》は確かに周りから可愛《かわい》がられているが、キャラをつくったり媚《こ》びているわけではない。

特に今はそんな余裕《よゆう》はないだろう。

「っと、部屋をちゃんと見ておかないとな。つららさん、このベッドと机は？」

この部屋は荷物がほとんど運び出されているが、ベッドと机だけが残されている。

「ああ、粗大《そだい》ゴミに出すことになってるよー。ふゆゆが入るまでには、撤去《てっきょ》しとくから」

「なるほど。まあ、ベッドと机は必要だからレイアウトの参考にもなるな……」

春太《はるた》は腕組《うでぐ》みして、部屋を眺《なが》め回す。

机の上はなにもないし、ベッドもマットレスが置かれているだけでシーツも枕《まくら》もない。

それでも、人が住むとどういう雰囲気《ふんいき》になるか想像くらいはできる。

「うーん……」

「お兄ちゃん？」

「狭《せま》いよな。ベッドと机を置いたら、もうなにも置けないレベルじゃねぇか……」

「学生の一人暮らしならこんなものじゃないですか？　ゲーム機とモニターくらいなら置けますから、私としては文句ありません」

「そうなんだが……」

「大丈夫《だいじょうぶ》だって、桜羽《さくらば》くん。ウチも同じ間取りの部屋で、最初は『狭《せま》っ、息苦しっ』とか思ってたけど、一週間も経《た》たずに慣れたから。まさに住めば都だって」

「…………」

そうだろうな、と納得《なっとく》する気持ちもある一方で、雪季《ふゆ》をもっといいところに住まわせてやりたいとも思う。

「それに、ここの部屋って寝《ね》るだけの部屋って感じの人もいるし」

「え？　どういうことですか？」

雪季《ふゆ》が、きょとんとして首を傾《かし》げている。

「あとで案内するけど、一階にロビーっていうか、リビングがあって、ずっとそこでくつろいでる人もいるから。デカいＴＶもあるし、もちろんサブスクで映画もドラマも観《み》られるよ」

「……ありがとうございます」

「あれっ、遠慮《えんりょ》されてる感じ⁉」

コミュ力低めの雪季《ふゆ》は、他の住人と映画を観《み》てもソワソワして集中できないだろう。

どうも、さっきから雪風荘《ゆきかぜそう》での暮らしに不安要素しか見つからない。

主に雪季《ふゆ》の性格のせいではあるが――

春太《はるた》には、さらにもっと重要な不安要素があった。

「なあ、つららさん。この部屋……というか建物、防犯はどうなんだ？」

「セキュリティ会社と契約《けいやく》してるし、アパートの玄関《げんかん》も鍵《かぎ》が必要だし、周りに高い建物もないから、遠くから覗《のぞ》かれる心配も少ないよ」

「駅からここまでのルート、夜道はどうなんだ？」

「基本、大通りを使うし、アパート前の道も割と明るいし、交番まで徒歩三分。過去にここの住人が夜道で事件に遭《あ》ったって話はないねー」

「ふむ……住人がこっそり男を連れて来たりは――」

「お、お兄ちゃん、心配しすぎですって！　失礼ですよ、つららちゃん先輩《せんぱい》に！」

「あ、そうか……悪い、つららさん」

春太《はるた》は雪季《ふゆ》に袖《そで》を引かれて、我に返った。

「大丈夫《だいじょうぶ》、ここ入る女子のご家族はだいたい過保護だから。むしろ、桜羽《さくらば》くんはまだおとなしいレベル」

「本当ですか？」

「いや、嘘《うそ》。桜羽《さくらば》くん、言ってることは普通《ふつう》だけど、目がガチすぎた」

「………妹の安全の話なんだから、本気になるに決まってるだろ」

とはいえ、確かに目が本気すぎたかもしれない。

あまり過保護にしても、雪季《ふゆ》を縛《しば》りつけることになってしまう。

「そうだ、ふゆゆ、今日はウチに泊《と》まってみる？　それでいろいろ確かめられるっしょ」

「え、ええ？　でも、お兄ちゃんも一緒《いっしょ》に泊《と》まっていいんですか？」

「いいわけないじゃん」

つららが真顔で答える。

「今日、桜羽《さくらば》くんを入れたのだって、重度のシスコンで他の女子には羊みたいに無害だからって住人に説明してんのに」

「おい、マジでシスコンって言いふらしてんのかよ」

「シスコンじゃないの？」

「いや、そこは間違《まちが》ってない」

「私はブラコンです！」

「……凄《すご》い兄妹《きょうだい》だなあ」

つららもクリスマスパーティに出席していたので、春太《はるた》と雪季《ふゆ》が実の兄妹《きょうだい》でないことを知っているはず。

だが、つららは表向きの二人の関係を信じることにしたようだ。

「ふゆゆがお泊《と》まりするだけなら、なにも問題ないよー。さすがにこの部屋はなにもないから、ウチの部屋でどう？」

「お、お邪魔《じゃま》していいいんですか？」

「ぐへへ、こんな上玉のお泊《と》まりを断る理由ある？」

「おいっ、おまえ信用していいんだろうな!?」

つららの邪悪《じゃあく》な笑《え》みに、春太《はるた》は慌《あわ》てる。

「ジョークだよ、女子高ジョーク」

「女子高のせいにすんなよ……」

雪季《ふゆ》が住むアパートだけでなく、進学先まで心配になってくる。

「いや、雪季《ふゆ》。なにも無理して泊《と》まらなくてもいいだろ。ここにいたら勉強できねぇし」

「桜羽《さくらば》くん、忘れてない？　ウチはミナジョの受験経験者で在校生だよ？　これ以上、有益なアドバイスができる人間、いる？」

「……妹をよろしく頼《たの》む」

言われてみれば、そのとおり。

昨年の入試の内容、受験当日の学校での段取りなど、在校生から話を聞けるチャンスを逃《のが》す手はない。

特に雪季《ふゆ》は緊張《きんちょう》するタイプなので、受験本番時の心構えも聞けたら、どんなに助かることか。

「雪季《ふゆ》、つららさんたちに迷惑《めいわく》をかけないようにな」

「は、はい。家事に復帰したばかりですが、お家《うち》のことはお願いします」

「大丈夫《だいじょうぶ》だ、任せとけ」

雪季《ふゆ》は冷泉《れいぜん》や氷川《ひかわ》の家にお泊《と》まりすることはあったが、まだ付き合いの浅い冬野《とうの》つららの部屋に泊《と》まるとは思わなかった。

可愛《かわい》い妹も、可愛《かわい》いだけでなく成長しているのだろう——

春太《はるた》はそのことが喜ばしいとともに、少しだけ寂《さび》しかった。

「ああ、雪季《ふゆ》ちゃんのカツが食べたかった……」

「そんなの、俺だってそうだよ」

晶穂《あきほ》は、昨日の夕食、今日の朝食に続いて夕食がカレーでも文句はないらしい。

カレーを温め直すくらいは春太《はるた》でもできる。

上に乗せているトンカツは、春太《はるた》が近所の店で買ってきたものだった。

この居候《いそうろう》は出来合いの品には大いに文句があるらしい。

「しゃーねぇだろ、雪季《ふゆ》がお泊《と》まりだっていうなら止められないし。このカツもけっこう肉厚で美味《うま》いぞ」

「わかってるよ、言ってみただけだよ。居候《いそうろう》なんだから、三杯目《ばいめ》はそっと出すよ」

「カツカレーを三杯《ばい》も食う気か？」

いくら晶穂《あきほ》が大食いでも、無理がある。

「だいたい、文句を言いたいのは俺のほうなのに……」

「すっかり雪季《ふゆ》ロスだね、ハル」

「まだロスしたわけじゃねぇよ」

もし雪季《ふゆ》が雪風荘《ゆきかぜそう》に引《ひ》っ越《こ》すとしても、春になってからだ。

「今日はあくまでお試《ため》しだ。自分の部屋に泊《と》まるってわけでもねぇしな」

「ふーん。それで、雪風荘《ゆきかぜそう》はどうだったわけ？　雪季《ふゆ》ちゃん、暮らしていけそう？」

「女子専用なのは安心だが、逆に心配にもなるな。女子しか住んでないってことは、その気になれば誰《だれ》でも調べられそうだし、変なのが寄ってくるかもしれねぇ」

「女子高生だらけのアパートとか、男にとっちゃパラダイスだね。しかも雪季《ふゆ》ちゃんとか、つららちゃんとか、あんな美少女がいたらねぇ」

「地雷《じらい》と自動機銃《きじゅう》で防衛するべきだな」

「これだからFPS脳は。言っとくけど、ハル。ちょろちょろ様子を見に行ったりしないように。逆にハルが不審者《ふしん》になるからね？」

「ちっ……」

春太《はるた》は無償《むしょう》で雪風荘《ゆきかぜそう》の警備員になりたいほどだった。

「雪風荘《ゆきかぜそう》からなら徒歩通学余裕《よゆう》だから、電車で痴漢《ちかん》には遭《あ》わないだろうけど、痴漢《ちかん》はその辺の路上にも棲息《せいそく》してるからねぇ」

「おまえ、俺を脅《おど》してんのか？」

「あたしは足速いし、なんなら取っ組み合いになってもだいたいの男には勝てるけど、雪季《ふゆ》ちゃんはそうはいかないでしょ？」

「雪季《ふゆ》は小学生にも負けそうだからな……」

晶穂《あきほ》は小柄《こがら》でいかにも弱々しそうだが、運動神経は抜群《ばつぐん》だし、性格も戦闘《せんとう》向きだ。

一方、雪季《ふゆ》は痴漢《ちかん》に遭《あ》ったら逃《に》げる以前にフリーズしてしまいかねない。

「いや、過保護すぎんのはわかってんだよ。そういう危険は桜羽家《ウチ》にいたって同じだしな」

「なんだ、理解してんじゃん。そんな危ない環境《かんきょう》だったら、雪季《ふゆ》ママがすすめないでしょ。つららちゃんだって、平穏《へいおん》無事に暮らしてるんだろうし」

「そうなんだよな……」

心配しすぎるのは、雪風荘《ゆきかぜそう》のオーナーである母の友人にも悪い。

それに、雪季《ふゆ》の心配ばかりしていると、逆に妹を不安にさせかねない。

春太《はるた》は、カレーを食べ終えると、ふーっとため息をついて。

晶穂《あきほ》のほうをじっと見た。

「今夜は、せっかく晶穂《あきほ》と二人なんだしな。話しときたいことがあったんだよ」

「遂《つい》に愛の告白か。長かったね」

「ふざけんな。そうじゃなくて――晶穂《あきほ》、ずっとここで暮らすつもりじゃないんだろ？」

「いくらあたしが図々《ずうずう》しくてもね。近いうちに、適当なトコで出て行くよ」

「俺が心配なのは雪季《ふゆ》だけじゃない。晶穂《あきほ》のアパートはセキュリティもごく普通《ふつう》――はっきり言って、甘いくらいだろ」

「まあ、誰《だれ》でも出入りはできちゃうし、防犯カメラも出入り口にしかないね」

「晶穂《あきほ》、あそこに戻《もど》ったらほとんど一人暮らしみたいなもんだよな？」

「ウチの義父《オヤジ》はめったに戻《もど》ってこないからね」

晶穂《あきほ》の言葉に、春太《はるた》は頷《うなず》く。

彼女の義父は詩人で、旅をして詩をつくっているらしい。

松尾芭蕉《まつおばしよう》の『おくのほそ道』みたいな話だが、旅先でないと詩をつくれない――しかも外国のほうがインスピレーションが湧《わ》くそうだ。

作詞の仕事でも海外に行くことが多いらしく、仕事のために家を空けるというなら文句も言えない。

「お金の心配はないんだけどね。義父はあたしを養ってくれるらしいいし、お母さんの遺産も充分《じゆうぶん》あるみたいだし」

「だったら、もっとセキュリティの整ったマンションとかに移れないのか？　あのアパートに住んでたのは秋葉《あきは》さんのこだわりだったんだろ？」

「こだわりっつーか面倒《めんどう》くさがったっつーか、ケチってたというか。まあ引《ひ》っ越《こ》しはできなくはないけど……あたし、あのアパート割と気に入ってんだよね」

「……そうか」

実際、晶穂《あきほ》は長く暮らしてきたアパートになんの不満もなさそうだ。

春太《はるた》も、小綺麗《こぎれい》とは言えないあのアパートの古びた雰囲気《ふんいき》が嫌《きら》いではない。

「もうすぐ戻《もど》れると思う。戻《もど》ったら、少なくとも高校を出るまではあのアパートにいるよ。ズルい言い方になるけど、あそこにはお母さんとの思い出があるから」

「……本当にズルいな」

秋葉《あきは》の話を出されたら、春太《はるた》も「別のマンションに移れ」などと言えない。

今、晶穂《あきほ》はその母との思い出が重くてアパートにいられないが、少し落ち着けば他に居場所はないのだろう。

「でも、真面目な話だ、晶穂《あきほ》。それでもおまえには――心臓に問題がある。一人のときになにか起きたらどうするんだ？」

「心配しすぎ。あたしはこんなチビでも赤ちゃんじゃないんだよ、ばぶばぶ」

「最後のはなんだよ。冗談《じょうだん》じゃなくてな、ガチで晶穂《あきほ》を一人にしとくわけにはいかない」

春太《はるた》がじろりと睨《にら》むと、晶穂《あきほ》は映画みたいに肩《かた》をすくめた。

「もしなにか起きたらそれまでの話——なんて、ハルは納得《なっとく》しないよね？」

「するわけねぇだろ」

たとえ妹でなくてもカノジョでなくても、晶穂《あきほ》の身体《からだ》のことを知ったら放ってはおけなかっただろう。

母親の秋葉《あきは》も、クリスマスイブに家で一人で倒《たお》れていた。

ああいうことが、もう一度繰《く》り返《かえ》されるかもしれない——その可能性を考えたら、なんの手も打たない、というのは論外だ。

「あたしん家に見守りカメラでも置いてみる？」

「高齢者介護《こうれいしゃかいご》みたいだな……」

「置くなら、あたしの部屋とお風呂《ふろ》かな？」

「なんで風呂《ふろ》なんだよ⁉　変質者か、俺は⁉」

「自宅で死ぬ場合、お風呂場《ふろば》が一番多いっていうよね？」

「……言うな」

ニュースなどでも「風呂場《ふろば》で亡《な》くなっていた」ような話はよく聞く。

急激な温度差で血圧が大きく変動したり、身体《からだ》が大きなダメージを受ける「ヒートショック」は有名だ。

晶穂《あきほ》のように心臓に問題があるなら——確かに風呂場《ふろば》は要注意ポイントだ。

「えー、春太《はるた》くんってばなにを想像したのかな〜。いやらしい〜」

「くっ……！」

勢いでツッコミを入れたのは失敗だった。

「だからさ、そんな急に症状《しょうじょう》が出たりしないって。一応、これでも定期通院もしてんだよ？」

「……でもな」

「そんなに気になるならさ……ちょっと前から思ってたことあるんだけど」

「ん？」

「一緒《いっしょ》にお風呂《ふろ》入ろうよ、お兄ちゃん」

「……………は？」


桜羽家《さくらばけ》の脱衣所《だつい》も浴場も、お世辞にも広いとは言えない。

平均より大きく成長した長男と長女は、二年前には狭《せま》さを感じ始めていた。

「んっ……」

「…………」

晶穂《あきほ》が、その狭《せま》い脱衣所《だつい》でお馴染《なじ》みのパーカーを脱《ぬ》いでいる。

続けて下に着ていた長袖《ながそで》のインナーも脱《ぬ》ぐと、黒いブラジャーが現れた。

「おいおい、遠慮《えんりょ》なく見るじゃん」

「……別に、今さらそんなこと気にする関係でもねぇだろ」

「〝気にする関係〟に戻《もど》ってない、あたしら？」

晶穂《あきほ》は、あっけらかんとそんなことを言う。

もうはるか昔の話のようだが、春太《はるた》と晶穂《あきほ》は普通《ふつう》にカレシカノジョとして付き合っていた。

高校生の男女として当たり前のように関係を深め、そういうことも普通《ふつう》にあった。

だが、春太《はるた》と晶穂《あきほ》の本当の関係が明らかになってからは、一度も身体《からだ》を重ねてはいない。

晶穂《あきほ》が言うとおり、付き合う前の関係に戻《もど》ったような感じでもある。

クラスメイトで、たまに一緒《いっしょ》に食事をする友人同士——それが、ほんの数ヶ月前までの春太《はるた》と晶穂《あきほ》の関係だった。

それがカレシカノジョになり、兄妹《きょうだい》になり——春太《はるた》は今は妹として見ているつもりだが、晶穂《あきほ》のほうはどう思っているのか。

「つーか、あたし、お風呂《ふろ》とか無防備すぎてあんま人と入りたくないんだよねぇ」

「そういえば……」

付き合っていた頃《ころ》も、晶穂《あきほ》は一緒《いっしょ》に風呂《ふろ》に入ったりせず、終わったあともさっさと一人でシャワーを浴びに行くのが常だった。

「待て、温泉に堂々と入って来なかったか？」

透子《とうこ》の実家の温泉旅館〝そうげつ〟の温泉に入らせてもらった際に、晶穂《あきほ》は身体《からだ》も隠《かく》さずに堂々と春太《はるた》と混浴していた。

「あれはあれ。温泉で身体《からだ》を隠《かく》すのはかっこ悪いよ。ロックじゃない」

「どうも俺、晶穂《あきほ》のロックの基準がわかんねぇんだよな……」

「それは致命的《ちめいてき》だね、ロックミュージシャンのスタッフとしては。今や一緒《いっしょ》に演奏もしてるんだから、もっとロックの魂《ソウル》を持ってもらわないと」

晶穂《あきほ》はそう言って、ショートパンツを脱《ぬ》ぎ、黒いパンツがあらわになる。

春太《はるた》の視線を気にしているのかいないのか、わからない大胆《だいたん》さだ。

「はい、サービスはここまで。ハル、先に入って」

「……ああ」

春太《はるた》は頷《うなず》き、晶穂《あきほ》に見えないように下着まで脱《ぬ》いで、一応タオルを腰《こし》に巻いて風呂《ふろ》に入る。

寒がりの春太《はるた》がシャワーで身体《からだ》をあたためていると。

「うわ、やっぱハルと二人だと狭《せま》いね。あんた、デカすぎんだよ」

「好きでデカくなったんじゃねぇよ」

風呂場《ふろば》に入ってきた晶穂《あきほ》は、身体《からだ》にきっちりバスタオルを巻いている。

春太《はるた》は残念なような、ほっとしたような気持ちだった。

とはいえ、バスタオルが弾《はじ》け飛びそうなほど胸元《むなもと》がギチギチで、今にも二つの大きなふくらみがこぼれ出しそうだ。

春太《はるた》は、できるだけその胸元《むなもと》を見ないようにして——

「晶穂《あきほ》が小さいから、ちょうどいいだろ」

「アレかなあ、心臓がイマイチ調子よくないから身体《からだ》大きくならなかったのかな？」

「……ツッコミづらいことをさらっと言うな」

「あはは」

晶穂《あきほ》は笑っているが、もちろん笑い事ではない。

「あ、可愛《かわい》い妹ちゃんが背中を流してあげようか」

「可愛《かわい》い妹ちゃんがここにいるならな……」

「はいはい、ツンデレ乙《おつ》。座って座って」

晶穂《あきほ》は古めかしいスラングを放ちつつ、バスチェアに春太《はるた》を座らせ、ボディタオルで背中を擦《こす》ってくる。

「ハル、背中もデカいよね。意外と筋肉あるし……ふへへ、これはたまらないな」

「いつから筋肉フェチに⁉」

「あたし、スピード型でパワーは足りないからなあ。自分にないものに憧《あこが》れるのかも」

「そんな問題か……？」

馬鹿な話をしつつ、晶穂《あきほ》は春太《はるた》の背中を洗い、シャワーで流してくれた。

春太《はるた》はさすがに他の箇所《かしょ》は自分で洗って、湯船に浸《つ》かる。

「あたしも頭洗おうっと。あ、ダメだよ、自分で洗うから。おっぱいは触《さわ》っていいけど、髪《かみ》を触《さわ》るのは許さん」

「別に洗いたいなんて言ってないだろ……」

晶穂《あきほ》の髪《かみ》の手触《てざわ》りくらいは、春太《はるた》も知っている。

だが、繊細《せんさい》な女の子の髪《かみ》を洗うのは気が引けるので自分で洗ってくれるなら助かる。

雪季《ふゆ》も、髪《かみ》は自分で洗うのが常だった。

「このピンクメッシュも飽《あ》きてきたんだよね。一筋だけっていうのも格好いいと思ってたけど、なんか物足りなくなってきたし」

「待て待て、本気でもっと派手に染めるつもりじゃないだろうな？」

「インナーカラーなら目立たないし、もっとピンクにしてもアリなんじゃない？」

「インナーカラーって普通《ふつう》にわかるからな？」

街中でもインナーカラーを入れている女性は見かけるが、普通《ふつう》に派手な色が見えている。

悠凜館《ゆうりんかん》高校の校則が緩《ゆる》めとはいえ、派手に染めてしまうと教師に目をつけられるだろう。

「でもさあ、雪季《ふゆ》ちゃんにも言ったんだけど、ＵＣｕｂｅｒ《ユーキューバー》は演者が目立ってナンボなんだよね。有名なＵＣｕｂｅｒ《ユーキューバー》って恥《は》ずかしげもなく派手な頭してるでしょ？」

「晶穂《あきほ》はベースがいいから、色を派手にしなくても普通《ふつう》に目立つだろ」

「……このお兄さん、恥《は》ずかしげもなく妹を褒《ほ》めてくるね」

晶穂《あきほ》は髪《かみ》を洗っていた手を止め、ちらりと春太《はるた》のほうをジト目で見てきた。

少々照れているらしい。

「……今の晶穂《あきほ》は妹だからな。カノジョならともかく、妹への褒《ほ》め言葉は惜《お》しまない」

「普通《ふつう》、逆じゃね？」

「俺は普通《ふつう》の男じゃない！」

「とうとう認めたよ、この男！」

なんの話をしているのだろうと、春太《はるた》は自分で呆《あき》れてしまう。

晶穂《あきほ》は髪《かみ》を洗い、春太《はるた》に横を向かせて身体《からだ》も洗い終えると――

「はいはい、もっとそっち詰《つ》めて。まだこっち見ないように」

「……見ねぇよ」

晶穂《あきほ》が、湯船に入ってくる。

さすがにバスタオルは外していて一糸まとわぬ姿で、一応腕《うで》で胸を隠《かく》している。

気のせいか、ちょっと恥《は》ずかしそうにすら見える。

クールな晶穂《あきほ》が照れている姿は、不思議と色っぽさを感じてしまう。

「あー、やっぱ狭《せま》いね。我が家《や》のお風呂《ふろ》はもっと狭《せま》いんだけど」

晶穂《あきほ》は春太《はるた》の正面、向き合った体勢で浸《つ》かっている。

膝《ひざ》を立てて、さすがに窮屈《きゅうくつ》そうだ。

「つーか、一緒《いっしょ》に風呂《ふろ》に入っても、晶穂《あきほ》の一人暮らしが安全かどうかはわからんような」

「今頃《いまごろ》わかったの？」

「おいっ」

「あはは、兄妹《きょうだい》なら一緒《いっしょ》にお風呂《ふろ》くらい入るもんでしょ。ちょうどお風呂《ふろ》の話が出たし、前からやってみたかったんだよ。あたしらは、小さい頃《ころ》に入り損《そこ》ねたからね」

「…………」

晶穂《あきほ》はただ、今夜の二人きりになったチャンスを活《い》かして、春太《はるた》と風呂《ふろ》に入りたかっただけらしい。

付き合っていた頃《ころ》は一度も一緒《いっしょ》に入浴したことはないのに、本気で妹になろうとしているのだろうか。

「あー、でもお風呂《ふろ》はいいなあ……この時期のお風呂《ふろ》はたまんないね」

「寒がりじゃなくても、冬の風呂《ふろ》は楽しめるんだな」

「当たり前じゃん。あたし、別に風呂《ふろ》は好きじゃないけど、綺麗《きれい》好きだからね。一日何度でもシャワー浴びたいくらいだし」

「終わったら、必ずシャワー浴びてたな」

「そりゃ、ハルがあたしの全身を舐《な》め回――」

「俺が悪かった！　余計なことを言った！」

春太《はるた》は慌《あわ》てて頭を下げる。

「こうやってさ、普通《ふつう》にお風呂《ふろ》入って、普通《ふつう》に過ごしたいんだよ、あたしは」

「ん……？」

「〝普通《ふつう》のこと〟を実際にやってみればわかるでしょ？　こういうのが落ち着くんだよ。あ、ハルの〝普通《ふつう》〟はちょい塩対応くらいのことだからね？」

「高校生が二人で風呂《ふろ》が普通《ふつう》かはともかく……優《やさ》しくなくて悪かったな」

「優《やさ》しいよ、ハルは。素直《すなお》じゃないだけで」

「……………」

じぃっ、と晶穂《あきほ》にまっすぐ見つめられて春太《はるた》は怯《ひる》んでしまう。

目の前にあまりにも魅力的《みりょくてき》な二つのふくらみが浮《う》かんでいるというのに、そちらに目を向けられない。

晶穂《あきほ》の目が思わせぶりすぎて――

「ちょっとでも身体《からだ》がおかしいと思ったら、必ずハルに連絡《れんらく》するから。あたしだって、一人になりたいときはあるんだし、ハルがずっと張りついてるのは現実的じゃないでしょ？」

「それは……そうだが」

「あんま心配しないでよ。優《やさ》しくないのもヤだけど、優《やさ》しくされすぎるのも好きじゃない。ハルは適度に優《やさ》しいのがいいところなんだよ」

「褒《ほ》められてるようには思えねぇな……でも、本当に大丈夫《だいじょうぶ》なんだな？」

「大丈夫《だいじょうぶ》じゃなかったら、真っ先にハルに言うよ。ねぇ、呼んだらすぐに来てくれる？」

「レイゼン号なら晶穂《あきほ》のアパートまですぐだ。真夜中でも、真冬でも、すぐに行く」

「ん……」

晶穂《あきほ》は頷《うなず》き、春太《はるた》の手を取って自分の額につけてきた。

特に意味はないのだろうが、なんだかあたたかい仕草だった。

晶穂《あきほ》を放っておけないという気持ちに変わりはないが——彼女が過剰《かじょう》に病人扱《あつか》いされることを望まないなら、強くは出られない。

今は、晶穂《あきほ》が言うことを信じ、彼女の意思を尊重するしかない。

月夜見晶穂《つくよみあきほ》は、春太《はるた》にとってもう〝妹〟になりつつある。

こうして、十六歳にもなって一緒《いっしょ》に風呂《ふろ》に入ることで兄妹《きょうだい》の絆《きずな》が結ばれてしまうのも、おかしな話ではあるが——

春太《はるた》の周りはもう、おかしな話ばかりだ。

第8話　妹は明日が怖《こわ》い

「あ、おはようございます、お兄ちゃん♡」

「………え？」

春太《はるた》が起き出して一階のリビングに入ると。

キッチンにエプロンを着けた雪季《ふゆ》の姿があった。

「びっくりしましたよ、お兄ちゃん」

「へ？」

「カレー、全部なくなってるじゃないですか。パパも食べたとしても、晶穂《あきほ》さんと二人でたくさん食べたんですね。ふふ、いっぱい食べてもらえるの嬉《うれ》しいです」

「あ、ああ。やっぱ二日目のカレーは余計に美味《うま》くて……って、そうじゃなくて。びっくりしたのはこっちだよ」

春太《はるた》は少し動揺《どうよう》しつつ、キッチンに入り、ダイニングの椅子《いす》を引き寄せて座る。

「雪季《ふゆ》、まだ朝七時前だぞ？　おまえ、雪風荘《ゆきかぜそう》に泊《と》まったんだよな？」

「ええ、もちろんお泊まりしてきました。つららちゃん先輩《せんぱい》だけじゃなくて、先輩《せんぱい》のみなさんがもの凄《すご》く……それはもうもの凄《すご》く歓迎《かんげい》してくださって」

「……だいぶ可愛《かわい》がってもらったみたいだな」

春太《はるた》が察するに、妹は雪風荘《ゆきかぜそう》の住人たちにずいぶん気に入られたらしい。

「ご飯も綺麗《きれい》になくなってたので、今朝はパンにしますね」

「ああ、助かる……って、こんな早く帰ってこなくても。もしかして、雪風荘《ゆきかぜそう》から逃《に》げてきたとか……？」

「あはは、まさか。朝ご飯も一緒《いっしょ》に食べてくように誘《さそ》われましたけど、遠慮《えんりょ》しました。お兄ちゃんたちがお腹《なか》を空《す》かせてますし」

「そ、そうか。父さんは？」

「私が帰ってきたら、出て行くところでした。もうちょっと早く帰ってきて、スープくらい飲んでもらえばよかったです」

雪季《ふゆ》は父になかなか食事を振《ふ》る舞《ま》えないことが悔《くや》しいらしい。

もう朝食の準備をしているところを見ると、雪季《ふゆ》は六時半くらいには帰ってきたのだろう。

父はいつもどおり早くに出勤していったようだ。

「せっかく家事に復帰したんですから、二食も逃《のが》したくありません」

「それ、食うほうが言うことじゃないか？」

「私はつくるほうに喜びを感じるんです。絶頂にいっちゃいます」

「絶っ……その言い回しを吹《ふ》き込《こ》んだの、晶穂《あきほ》か冷泉《れいぜん》か？」

「涼風《すずか》お姉さんです」

「……三人まとめて、今度言い聞かせておこう」

「…………？」

雪季《ふゆ》が疑うことを知らないのをいいことに、周りが面白《おもしろ》がっていろいろ吹《ふ》き込《こ》んでいる。

そんなヤツらに天罰《てんばつ》を下さなければ——兄として固く誓《ちか》う春太《はるた》だった。

「今日の朝ご飯は、フレンチトーストと、ハムエッグにウィンナーにサラダ、コーンポタージュですよ。あ、フレンチトーストにも卵を使ってるのに、ハムエッグで卵がダブっちゃいましたね」

「へぇ、フレンチトーストって卵使ってんのか」

「……お兄ちゃん、もうちょっと料理の基本を学びましょうね」

兄のことなら無条件に受け入れる妹でも、料理に無知すぎるのは見過ごせないらしい。

「それで……どうだったんだ、雪季《ふゆ》？」

「え？　なにがですか？」

「雪風荘《ゆきかぜそう》の住み心地《ごこち》だよ。住人のみなさんのことはともかく」

水流川女子《みながわじょし》の寮《りょう》みたいなものなのだから、何人かはあと二ヶ月ほどで退去するのだろう。

雪季《ふゆ》と透子《とうこ》以外にも新人が入るのかもしれないし、住人の質は気にしすぎても仕方ない。

「キッチンは新しくて綺麗《きれい》で設備も最高でした。煮《に》る焼く蒸《む》すはもちろん、ケーキやピザまで焼けるみたいです」

「さすが女子寮《りょう》……って言ったら男女差別か？」

「いいんじゃないでしょうか。お料理好きな方が多いみたいですよ」

「鍋《なべ》パにたこパにピザパに餃子《ぎょうざ》パだったか。栄養はちゃんととれそうだな」

「パ、パーティはまだ心の準備が。この前のクリパみたいには楽しめないですね……」

人見知りの雪季《ふゆ》は、やはりいきなり雪風荘《ゆきかぜそう》に馴染《なじ》むのは難しそうだ。

「つららちゃん先輩《せんぱい》のお部屋に入れてもらいましたけど、狭《せま》いのは大丈夫《だいじょうぶ》そうです。だいぶ、その、かなりの魔境《まきょう》でしたが……ちゃんとお片付けすれば快適に暮らせるかと」

「あいつ、人の妹をどんな部屋に泊《と》めてんだ？」

冬野《とうの》の血族は、どうも変わり者が多いらしい。

雪季《ふゆ》は綺麗《きれい》好きなので、汚部屋《おべや》には思うところがあるのだろう。

「ただ、やっぱり女の人しか住んでないので……」

「ん？　おい、なにか危ないことがあったのか？」

「い、いえ……廊下《ろうか》を下着だけで歩いてる方とか、ロビーにもベビードールみたいなえっちな格好でゴロゴロしてる方とかいて……」

「…………なるほど」

同世代の同性しか住んでいないので、すっかり風紀が乱れているらしい。

雪季《ふゆ》は春太《はるた》の部屋で着替《きが》えるし、胸元《むなもと》が緩《ゆる》かったり脚《あし》を出した服装をしてはいるが、下着姿でリビングやキッチンをウロウロしたりはしない。

昔から、父や母の前では基本的にきちんとした服装だった。

「そこは見習わないでほしいな……雪季《ふゆ》は上品なのもいいところなんだから」

「は、はい……そこはママの教えを守ります」

春太《はるた》たちの母は自身が上品で、子供たちにも品の良さを要求するところはあった。

朱《しゅ》に交われば赤くなるというが、雪季《ふゆ》には染まらないでほしかった。

「ですけど、それ以外は……あ、断熱がしっかりしてて、全然寒くありませんでした」

「なっ、なんだとっ……！」

桜羽家《さくらばけ》はご存じのとおり、慎《つつ》ましい一軒家《いっけんや》だ。

断熱もいまいちで、冬は冷気が染《し》み込《こ》むように入ってきてしまう。

「……俺も雪風荘《ゆきかぜそう》に引《ひ》っ越《こ》そうかな」

「お部屋に空きがあるでしょうか……？」

そういう問題ではないが、雪季《ふゆ》は本気で考え込んでいる。

「いや、それはともかく。ちゃんと眠《ねむ》れたか？」

「……はい」

「おい、確実に間が空いたぞ。つららさんの部屋、寝《ね》るスペースもなかったのか？」

「そ、そういうわけでは。枕《まくら》が変わると眠《ねむ》れない、みたいな」

「ふぅん……」

雪季《ふゆ》は嘘《うそ》をつくのが下手で、特に春太《はるた》の前だと目が泳いでしまう。

どうも、きちんと寝《ね》つけなかったことは間違《まちが》いないようだ。

雪季《ふゆ》は人見知りではあっても礼儀《れいぎ》正《ただ》しいので、わざわざ朝食を断ってこんなに早くに帰ってきたことも怪《あや》しい――


「お兄ちゃん、お遊びはここまでです」


「妹がラスボス!?」

春太《はるた》は椅子《いす》から転げ落ちるところだった。

「な、なんだ急に？」

「いえ、ここからはもうひたすら勉強とお料理だけに集中します。基本、お外に出ません」

「あ、ああ、そういう……俺としても是非《ぜひ》そうしてほしい」

「お兄ちゃんに甘やかされて、なんだかんだ外出したりしてましたからね。外泊《がいはく》までしちゃいましたし。あとはもう、普通《ふつう》に甘えるだけにします」

「甘えることは甘えるんだな」

「ダメですか……？」

雪季《ふゆ》が胸の前で手を組んで、じっと春太《はるた》の目を覗《のぞ》いてくる。

わざとあざとい仕草をしているわけではなく、天然なことは春太《はるた》が一番わかっている。

「いいに決まってるだろ。好きなだけ甘えろ。俺が料理以外の家事はやるし、買い物も行くし、RULUでスイーツもテイクアウトしてきてやる。勉強に糖分は重要だからな」

「RULUってテイクアウトはしてなかったような……？」

「涼風《すずかぜ》か氷川《ひかわ》に頼《たの》めばOKしてくれるだろ。雪季《ふゆ》のためなら、俺もヤツらの甘さにつけこんでいくぞ」

「そ、そんなに無理はしないでください。それで——晶穂《あきほ》さんもそういうことですので」

「え？」

春太《はるた》が振《ふ》り向《む》くと、リビングのドアのところにパーカー一枚だけの晶穂《あきほ》が立っていた。

「あー……ていうか、やっとって感じ？　あたしでも、去年のこの時期はギターは一日一時間までにしてたよ」

「一時間は弾《ひ》いてたのかよ」

受験生としてはなかなかの練習時間だ。

「頑張《がんば》ってよ、雪季《ふゆ》ちゃん。今が一番キツいだろうけど、これが終わればあとは高校三年間、遊びたい放題だから」

「はい、頑張《がんば》ります！　ピアスとネイルのためにも！」

「さすがに三年めいっぱいは遊びすぎだろ……」

雪季《ふゆ》はあまり気にしていないだろうが、高校在学中に大学受験か就職か、進路も考えなければいけない。

もちろん、進学や就職に失敗しても、春太《はるた》がフォローするだけだが。

「晶穂《あきほ》さんも頑張《がんば》ってください。お兄ちゃんとの動画、本気で楽しみにしてますから」

「任せて、ハルの指がもげるまでベース弾《ひ》かせるから」

「も、もげない程度にしてください……」

今、春太《はるた》には妹が二人いるが、優《やさ》しさを期待できるのは雪季《ふゆ》だけらしい。

「じゃ、ハル、今日からベース猛《もう》特訓七時間コースね」

「増えてるぞ！　おまえの練習時間は、その倍を覚悟《かくご》しないといけないんだよ！」

「お、お兄ちゃんの指だけ苦しめません。私も十四時間、勉強頑張《がんば》ります……！」

「この時期にそこまで頑張《がんば》ると逆効果だからな？　体調が最優先だぞ？」

妹キャリアが長いほうは優《やさ》しいが、優《やさ》しければいいというものでもないらしい。

春太《はるた》はまだまだ、可愛《かわい》い妹たちに翻弄《ほんろう》されそうだ。

こうして――

二月に入り、時間はあっという間に過ぎていく。

雪季《ふゆ》は勉強にひたすら打ち込んだ。

たまにダシを取るところからラーメンをつくろうとしたり、料理で現実逃避《とうひ》しようとする姿は見られたが、だいたいは本気で机に齧《かじ》り付《つ》いていた。

雪季《ふゆ》がここまで頑張《がんば》れるとは、春太《はるた》も思っていなかったほどだ。

その春太《はるた》も本気で晶穂《あきほ》にしごかれ、動画の編集も行い、UCube《ユーキューブ》にアップして。

確実に、AKIHOチャンネルの登録者数も再生数も伸《の》びていく。

巨乳《きよにゆう》美少女のチャンネルに謎《なぞ》のベーシストとして男が登場したわけだが、視聴《しちよう》者には舞台《ぶたい》装置くらいにしか思われていないようだ。

炎上《えんじよう》を避《さ》けられてほっとした反面、ベースを必死に練習した身としては複雑な気もする。

トラブルが起きない代わりに、春太《はるた》はひたすらに忙《いそが》しい日々を送り――

水流川女子《みながわじよし》の受験日の一週間前。

霜月透子《しもつきとうこ》が再び田舎《いなか》から出てきて、桜羽《さくらば》家《け》を訪《おとず》れた。

「いらっしゃい、透子《とうこ》ちゃん！　ずっと待っ――え？　えぇ？　マ……ママ？」

春太《はるた》の前で玄関《げんかん》のドアを開けた雪季《ふゆ》が、突然《とつぜん》固まったかと思うと。

「久しぶりです、雪季《ふゆ》。受験が終わるまで、家のことは私がやりますので」

玄関《げんかん》には透子《とうこ》だけでなく、もう一人長身の女性——冬野《とうの》白音《しらね》の姿があった。

「ママーっ！」

「わっ、雪季《ふゆ》！　こら、透子《とうこ》ちゃんもいるのに……」

そう言いつつも、母は雪季《ふゆ》に抱《だ》きつかれて嬉《うれ》しいらしい。

雪季《ふゆ》はブラコンであると同時に、重度のママっ子でもある。

「お兄さん、私もまたお邪魔《じゃま》します……あれ、晶穂《あきほ》先輩《せんぱい》は？」

「晶穂《あきほ》は、いい曲が浮《う》かんだとかで家に戻《もど》ってる。さすがに今はデカい音は出せないからな」

「ああ、なるほど……」

どうやら、受験生に気を遣《つか》っただけではなく、作曲に集中したいというのも本当らしい。

【KILA】［AKIHOちゃんの目が怖《こわ》いんだが。タスケ］

という、青葉《あおば》キラからの切実なLINEが届いていた。

キラは作曲にも協力していて、晶穂《あきほ》に付き合ってくれている。

しかも、晶穂《あきほ》が実家のアパートに戻《もど》っている間は一緒《いっしょ》に泊《と》まり込《こ》んでくれるそうだ。

キラは、鬼気《きき》迫《せま》る晶穂《あきほ》に恐怖《きょうふ》を覚えているらしいが、頑張《がんば》ってほしい。

春太《はるた》としても、キラが晶穂《あきほ》に付《つ》き添《そ》ってくれるなら安心できる。

とりあえず、玄関《げんかん》先で母娘《おやこ》の感動の再会を続けられても困るので、四人で家に入った。

雪季《ふゆ》と母は楽しそうにお茶を淹《い》れ、春太《はるた》と透子《とうこ》は二人でリビングのソファに座る。

透子《とうこ》は手伝いたいようだが、母娘《おやこ》の邪魔《じゃま》もできないらしい。

「まさか、母さんも来てくれるとはなあ……正直、すっげー助かるけど」

「あ、春太《はるた》。私は近所のアパートを借りたので。そちらから通いますからね」

「え？　わざわざ？」

キッチンから話しかけてきた母の言葉に、春太《はるた》は驚《おどろ》く。

「さすがにここに泊《と》まり込《こ》むのはお父さんに悪いので。私もアパートのほうが楽ですし」

「そ、そうか……」

確かに、父と母が離婚《りこん》してからまだ数ヶ月——一年も経《た》っていない。

受験が終わるまでの短い期間とはいえ、泊《と》まり込《こ》むのは気まずいのだろう。

母の説明によると、春太《はるた》も知っている徒歩三分ほどの距離《きょり》にあるアパートだった。

一ヶ月だけ借りたらしいが、母は受験が終わったらすぐに帰るらしい。

仕事の鬼《おに》だった母が娘《むすめ》の面倒《めんどう》を見るためとはいえ、一週間も休みを取って世話をしにきただけでも驚《おどろ》きだ。

「あの、お兄さん、実は私も伯母《おば》様と一緒《いっしょ》にアパートのほうに泊《と》まろうかと思ってるんですが……」

「ダメだ」

「ダメ⁉」

「そんなワガママ、許されませんよ、透子《とうこ》ちゃん」

「ワガママ⁉」

キッチンから雪季《ふゆ》もニコニコしながら、きっぱりと言い切ってきた。

「透子《とうこ》ちゃん、あきらめなさい。春太《はるた》も雪季《ふゆ》も、あなたが来るのを楽しみにしてたでしょうから。それに、桜羽《さくらば》家《け》にはもう慣れてるでしょう？　慣れないアパートより、この家で生活したほうがいいですよ」

母がお茶を載せたトレイを持ってリビングに来た。雪季《ふゆ》もついてくる。

「そ、そうですね……ではお世話になります、お兄さん、雪季《ふゆ》さん」

「ようこそ、透子《とうこ》ちゃん。最後の一週間、一緒《いっしょ》に頑張《がんば》りましょうね」

雪季《ふゆ》はにっこり笑って、従姉妹《いとこ》の手をがしっと摑《つか》んだ。

どうやら、受験前、最後の一週間は平穏《へいおん》無事に過ごせるようだ。

春太《はるた》の人生は予想外のことばかり起きている。

最近は、予想どおりの展開はなかったと言《い》い換《か》えてもいいくらいだ。

しかし、雪季《ふゆ》の受験前、最後の一週間は何一つ予想外のことは起きなかった。

「はぁ……いよいよ明日か」

春太《はるた》は、ベッドに寝転《ねころ》がったまま天井《てんじょう》を見上げてつぶやく。

遂《つい》に明日は水流川女子《みながわじょし》の受験日——

今日は春太《はるた》にとってはなんでもない平日で、学校に行って晶穂《あきほ》や松風《まつかぜ》と話し、普通《ふつう》に授業を受けて帰ってきた。

ついさっき、夕食も済ませている。

母がつくった夕食は、雪季《ふゆ》の大好物の焼き魚をメインに、あっさりとしたメニューだった。

一番の大好物は寿司《すし》だが、念のために生ものは避《さ》けたらしい。

「やべぇ、俺のほうがドキドキしてるじゃん……」

なんでもない日のはずなのに、心臓の鼓動《こどう》が速く、息苦しい気さえしてしまう。

正直、春太《はるた》は自分の受験本番ではそこまで緊張《きんちょう》していなかった。

雪季《ふゆ》が異様に心配していたので、逆に自分は落ち着いてしまったというのもあった。

それに合格できる自信は充分《じゅうぶん》にあったし、元々緊張《きんちょう》するタイプでもない。

「人のことのほうが不安になるもんだなあ……もう俺にできること、なにもねぇし……」

スマホを眺《なが》めていても、なにも情報が頭に入ってこない。

ひたすら雪季《ふゆ》のことが心配で心配でしょうがない。

「あの、お兄ちゃん」

「え？　ああ、雪季《ふゆ》か、どうした？」

トントンとドアがノックされ、雪季《ふゆ》が部屋に入ってきた。

モコモコしたピンクのパジャマ姿で、パーカーっぽい半纏《はんてん》を肩《かた》に引っかけている。

半纏《はんてん》は旅館そうげつのもので、透子《とうこ》にプレゼントしてもらい、あたたかいので気に入っているものだ。

「風呂《ふろ》、入ったんだな」

「はい、しっかりあたたまってきました」

さすがに今日は、春太《はるた》と雪季《ふゆ》は一緒《いつしよ》に風呂《ふろ》に入っていない。

一人でゆっくり、のんびり浸《つ》かるべきだと思ったからだ。

「私はいいんですが……透子《とうこ》ちゃんは大丈夫《だいじようぶ》でしょうか？」

「あー、ちょっと心配だな」

透子《とうこ》は、微熱《びねつ》程度だが少しばかり体温が高かった。

この一週間ほど、たまにダルそうにしていて、春太《はるた》が病院に連れて行ったのだが、風邪《かぜ》でもなく、特に異常は見つかっていない。

受験前で緊張《きんちよう》して、体調が不安定になっているようだった。

「微熱《びねつ》も緊張《きんちよう》のせいなんだろうが……明日には熱が下がってほしいよな」

今日は病院には行っていないが、透子《とうこ》が「もしも風邪《かぜ》なら雪季《ふゆ》さんにうつしたくない」と強く希望したので、彼女は雪季《ふゆ》の母とともに今夜はアパートのほうに泊《と》まっている。

前兆はあったので予想外ではないが、心配なことには変わりない。

「意外とメンタル弱いトコあったんだな、透子《とうこ》は」

「透子《とうこ》ちゃん、心配です……明日には治っていてほしいですね……」

「あいつの学力なら、多少熱があっても全然大丈夫《だいじょうぶ》だろうけどな」

この一週間で悪化はしていないし、受験できなくなるほど酷《ひど》くなるとは思えないが――

「雪季《ふゆ》も今日は早く寝《ね》ろよ。きちんとあったかくして、なにも考えずに寝《ね》ろ」

「ね、寝《ね》られるでしょうか……正直、ドキドキしてしまって……」

「気持ちはわかるが、寝《ね》られなくても横になって目を閉じてろ。明日は俺も早起きするし、確実に起こしてやるからな」

「ありがとうございます、お兄ちゃん」

春太《はるた》は雪季《ふゆ》に笑いかけ、ぽんぽんと頭を叩《たた》いてやった。

その程度は当たり前のことだ。

しかも春太《はるた》は、雪季《ふゆ》と透子《とうこ》に付《つ》き添《そ》って水流川女子《みながわじょし》までついていくつもりだった。

早めの電車に乗るので空《す》いているだろうが、ボディガードとして二人を守りたい。

きちんと二人を水流川女子《みながわじょし》まで送らないことには、なにも手に付かないだろう。

「できれば、ミナジョの前で試験が終わるまで待っていたいくらいだなあ……」

「え？　お、お兄ちゃん、なにをするつもりですか？」

「ああ、こっちの話だ」

そこまでやると、雪季《ふゆ》にも透子《とうこ》にも引かれてしまいそうだ。

「そういえば雪季《ふゆ》、なにか用があったんじゃないのか？」

「いえ、ドキドキして落ち着かないので……参考書を見てても全然頭に入ってこなくて」

「もう無理に詰《つ》め込《こ》むことはないだろ。あれだけ勉強したんだ、前日にこれ以上頑張《がんば》らなくていい。あとは、明日の本番にやるだけやればいいんだよ」

「そう、ですよね……はぁ……」

なんと言われても、緊張《きんちょう》が解けるはずがない。

だが、黙《だま》っているよりは、わかりきったことでも言ってやったほうがいいだろう。

「そういや、父さんは遅《おせ》ぇなあ。今夜は早く帰りたかっただろうに、ついてないな」

「電車、早く動くといいですね」

父は近場に出張だった上に、電車が止まっているせいで帰りが遅《おそ》くなるらしい。

今日は父と母も揃《そろ》って、家族四人と透子《とうこ》で夕食をとる予定だったのだが。

「パパが帰ってくるまでは起きていたいんですが……十時くらいがリミットでしょうか」

「そんなもんかな」

明日が受験当日とはいえ、あまり早くに眠《ねむ》るのも無理だろう。

今は八時過ぎ、あと二時間近くある。

父も受験前日に、少しだけでも雪季《ふゆ》に声をかけておきたいだろう。

「でも、ずっとお兄ちゃんの部屋にお邪魔《じゃま》していても仕方ないですね。私、お部屋に戻《もど》って横になってることにします」

「そうだな、身体《からだ》を休めたほうがいい。俺は起きてるから、なにかあったらすぐに呼べ」

「ありがとうございます」

雪季《ふゆ》は立ち上がり——ちゅっ、と春太《はるた》の頬《ほお》にキスしてきた。

唇《くちびる》へのキスではないのは、〝期間限定の妹復帰〟が終わったのかどうか——

「おやすみなさい、お兄ちゃん」

「おやすみ、雪季《ふゆ》」

雪季《ふゆ》は部屋を出て——ドアをぱたんと閉じた。

ふう、と春太《はるた》はため息をつく。

今の雪季《ふゆ》を見ていると、春太《はるた》のほうも余計に緊張《きんちょう》してしまう。

いや、とすぐに思い直す。緊張《きんちょう》している場合ではない。

兄として、妹をリラックスさせてやるべきだろう。

春太《はるた》はベッドから下りて、部屋のドアを開ける。

ノープランだが、雪季《ふゆ》が安心して休めるようにそばにいてやるだけでも――

「ん？」

ドアを開けてすぐのところに、パーカー半纏《はんてん》が落ちていた。

危《あや》うく踏《ふ》みつけそうになり、春太《はるた》は慌《あわ》てて足を引く。

「なんでこんな……うおっ？」

「あ……」

ドアから少し離《はな》れたところで、雪季《ふゆ》が廊下《ろうか》に膝《ひざ》を抱《かか》えて座り込み、壁《かべ》にもたれていた。

雪季《ふゆ》は顔を上げて、春太《はるた》を見つめてくる。

「お、おい、雪季《ふゆ》……なにそんなとこに座ってるんだ……？」

「すみません……」

「謝らなくていいが……ああ、寒いだろ。いいからこっち来い。マジで風邪《かぜ》引くから」

春太《はるた》はパーカー半纏《はんてん》を拾い、肩《かた》に掛《か》けてやって――

「私、受験したくないんです……」

「は？　な、なに言ってるんだ？」

雪季《ふゆ》の手を取ろうとして、春太《はるた》はぴたりと止まってしまう。

「……どうした、雪季《ふゆ》。言ってみろ」

春太《はるた》は廊下《ろうか》に膝《ひざ》をつき、雪季《ふゆ》と目線を合わせてごく自然に優《やさ》しく語りかけていた。

まさか、受験本番を前に予想外の展開が来るとは——

だが、今はフリーズしている場合ではない、とすぐに気づいたのだ。

「受験したら……たぶん私、合格すると思います……」

「そりゃ雪季《ふゆ》がずっと頑張《がんば》ってきたからだ」

「でも、合格したらこの家を出て、雪風荘《ゆきかぜそう》に住んで……お兄ちゃんの妹じゃなくなっちゃいます……」

「そんな先のことはまだ考えなくていい。まずは受験のことだけでいい」

雪季《ふゆ》の独立はもう間もなくと言ってもいいが、嘘《うそ》でもそう言うしかない。

「私が自分で、妹じゃなくてカノジョになりたいって言い出したのは忘れてません。そうです、自分で選んだことだったはずなのに。その、上手《うま》く言えないんですけど……」

「雪季《ふゆ》、慌《あわ》てなくていい。ゆっくり話せ」

「そんな風に甘やかさないでくださいっ！」

「…………っ」

春太《はるた》は雪季《ふゆ》の強い口調に驚《おどろ》きを隠《かく》せず——

それ以上に、雪季《ふゆ》が自分で言ったことに驚《おどろ》いていた。

大きな目をさらに見開いて、呆然《ぼうぜん》とした顔になっている。

「ご、ごめんなさい、お兄ちゃん。こんな私に、優《やさ》しくしてくれてるのに、なにをしてるんでしょう……本当にごめんなさい」

「謝る必要はない」

春太《はるた》は驚《おどろ》きを押し殺して、穏《おだ》やかな表情をつくり、首を横に振《ふ》った。

「ただ、甘やかすなって言われても……俺、雪季《ふゆ》に他にどういう態度を取っていいかわからない」

「お兄ちゃんは……いつだって私に優《やさ》しいですから」

「優《やさ》しくしたくなるんだよ」

雪季《ふゆ》が可愛《かわい》い妹だからこそ、春太《はるた》は怒《おこ》ったこともほとんどない。

さすがにケンカをしたことくらいは何度かあるが、雪季《ふゆ》を相手に激しく声を荒《あら》げたことなどあったかどうか。

「私、お兄ちゃんの優《やさ》しさにずっと甘えてきました……でも、それでよかったのか、今は少し不安がありま す……」

「不安……？」

春太《はるた》が聞き返すと、雪季《ふゆ》はこくりと頷《うなず》いた。

それから黙《だま》って立ち上がり、自分の部屋のほうへと歩いて行く。

ドアを開けて部屋に入り、春太《はるた》も続けて入る。

先日までは晶穂《あきほ》と、今は透子《とうこ》と共同で使っている部屋だ。

春太《はるた》も雪季《ふゆ》に勉強を教えるために毎日出入りしていて、特に目新《めあたら》しさはない。

「透子《とうこ》ちゃんは凄《すご》いですよね」

「え？　なんで急に透子《とうこ》の話が……」

「私、ぼーっとしすぎですよね。透子《とうこ》ちゃんがお兄ちゃんのこと好きだってこと、全然気づかなかったんですから。変な女が寄りつかないようにチェックする、なんて言ってたこともありましたけど、私には無理ですよね」

「……俺が教えなきゃいけなかったんだろ？」

カノジョができたら教える、という話で、春太《はるた》に変な女が寄ってきたら――という話ではなかったはずだが。

「透子《とうこ》ちゃん、私より勉強できるのに私よりずっと頑張《がんば》ってるんです。真夜中にふっと目が覚めたら、透子《とうこ》ちゃんがスマホを灯《あか》りにして単語帳を睨《にら》んでたことがありました」

「……目が悪くなるな。そんなことしてたから、体調崩《くず》したんじゃないか、あいつ……」

春太《はるた》は、ちらりと部屋の床《ゆか》に視線を落とした。

この部屋で――雪季《ふゆ》はベッドで、透子《とうこ》は床《ゆか》に布団《ふとん》を敷《し》いて眠《ねむ》っている。

透子《とうこ》は雪季《ふゆ》を起こさないように、こっそり勉強していたのだろう。

「実は透子《とうこ》ちゃん、地元の公立も受けるらしいです」

「え？　ああ、そりゃ当然か……」

雪季《ふゆ》は特殊《とくしゅ》な状況《じょうきょう》なので水流川女子《みながわじょし》一本だが、透子《とうこ》はこちらの私立に加えて、地元の公立高校を受けるのはごく自然なことだ。

透子《とうこ》は旅館の女将《おかみ》を継《つ》ぐ前に、生まれ故郷を出る権利があるらしいが――

地元にいてはいけない、という話は聞いていない。

「でも透子《とうこ》ちゃんはなにがなんでも、ミナジョに受かってこっちで暮らしたいんです。それはたぶん――」

「……さすがに俺のことだけじゃないだろ」

春太《はるた》も、透子《とうこ》が自分を好きでいてくれることは否定できない。

雪季《ふゆ》が、透子《とうこ》の気持ちに完全に気づいていることもわかっている。

それでも、透子《とうこ》は雪季《ふゆ》のことも好きなのだろうし、都会での暮らしに憧《あこが》れもあるのだろう。

「一番の理由はお兄ちゃんですよ、きっと。冬休みとこの一週間、ずっと一緒《いっしょ》に暮らしてきたんですから。私にも、それくらいわかりますよ」

「そうか……」

雪季《ふゆ》はクリスマスパーティで、透子《とうこ》の気持ちに気づいた。

その上で透子《とうこ》を見てきて、確信した事実なら、それも春太《はるた》には否定できない。

「透子《とうこ》ちゃんだけじゃありません。れーちゃんのこともです」

「お、おい、雪季《ふゆ》、さっきからなんの話を――」

「どうして気づかなかったんでしょうね。私、れーちゃん大好きで、お兄ちゃんとれーちゃんが一緒《いっしょ》にいるところも数え切れないくらい見てきたのに」

「なんで今度は冷泉《れいぜん》の……あいつも物好きだよな」

春太《はるた》は、軽く苦笑《くしょう》してしまう。

あの眼鏡が似合う可愛《かわい》い後輩《こうはい》が、自分などに好意を持っていることが未《いま》だに嘘《うそ》みたいに思えているのだ。

そこそこ付き合いが長く、冷泉《れいぜん》がモテることも知っているだけに、余計にそう思う。

「私が言うのもなんですけど、れーちゃんは見る目あると思います」

「……どうかな」

「もしかすると私、ただの妹だった頃《ころ》なら、れーちゃんがお兄ちゃんと付き合っても許してたかもしれません」

「なんか、揃《そろ》って冷泉《れいぜん》の評価が高いな……」

「え？　他にも誰《だれ》か同じことを？」

「ああ、なんでもない」

春太《はるた》は、松風《まつかぜ》が春太《はるた》と冷泉《れいぜん》が付き合うかもしれないと考えていたことを思い出した。

もしかして、俺と冷泉《れいぜん》ってお似合いなのか？

春太《はるた》にあまり実感はないが、当然ながらこれも否定するのは無理だった。

「そうですか……れーちゃんも、悠凜館《ゆうりんかん》に合格するのはほぼ確実なのに、まだもの凄《すご》い頑張《がんば》ってます。私と違《ちが》って、お兄ちゃんと同じ学校に行くために努力したんですよね」

「冷泉《れいぜん》は元から学力低くなかっただろ。あいつ、運動もできるし、基本スペックが高いんだよ」

冷泉《れいぜん》の成績では悠凜館《ゆうりんかん》は多少厳しかったが、無理というほどではなかった。

おそらく、冷泉《れいぜん》と同じくらいの成績で悠凜館《ゆうりんかん》に合格した者もそれなりにいるだろう。

「でも、必死です！　私にはできなかったことを、れーちゃんは頑張《がんば》ったんです！」

「お、おい、雪季《ふゆ》」

春太《はるた》は慌《あわ》てて手を挙げて、雪季《ふゆ》を制する。

「雪季《ふゆ》、透子《とうこ》や冷泉《れいぜん》と自分を比べたって仕方ない。おまえはおまえで、俺の大事な――」

「妹ですか、それとも――一人の女の子ですか？」

「…………」

答えは、春太《はるた》の中で何度か変わってきた。

クリスマスパーティの前後から、妹のほうに傾《かたむ》きつつあったが――

今、目の前で言葉を絞《しぼ》り出《だ》すようにして自分の感情を表そうとしている少女は――

はたして、妹と言い切れるのか。

晶穂《あきほ》を妹だと思うようになったことも、春太《はるた》の雪季《ふゆ》への感情に影響《えいきょう》を与《あた》えているだろう。

今、二人とも妹だと思っているのか、それとも――

「でも、そうですね。他の人と比べても仕方ないかもしれません。どうやっても私は私、透子《とうこ》ちゃんや、れーちゃんにはなれないんですから……」

「ああ、それがわかったのなら――」

「待ってください、お兄ちゃん」

今度は雪季《ふゆ》が、さっと手を挙げて春太《はるた》を制して。

カーテンが閉まった窓に背中をもたれかけさせた。

「もう一つ――私のことも聞いてもらえますか？」

「…………」

春太《はるた》としては、できれば会話を切り上げて雪季《ふゆ》をベッドに押し込んで寝《ね》かしつけたい。

少なくとも受験前夜にする話ではないだろう。

だが――受験本番の前に聞いておかなければならない、という予感がする。

春太《はるた》は多くを先送りにしてきたが、この選択《せんたく》は今すぐに選ばなければならない。

「当たり前だろ。聞かせてくれ、雪季《ふゆ》」

春太《はるた》がそう言うと、雪季《ふゆ》はこくりと頷《うなず》いた。

「私……この前、雪風荘《ゆきかぜそう》に一晩お泊《と》まりしてきましたよね」

「ああ」

「お兄ちゃんと別の家で寝《ね》ることは初めてじゃないです。ひーちゃんれーちゃんの家にお泊《と》まりしたこともありますし……」

「去年の春から秋まで、別居状態だったんだしな」

「はい」

雪季《ふゆ》は、またこくりと頷《うなず》く。

「でも、雪風荘《ゆきかぜそう》でのお泊《と》まりはまた違《ちが》うんです。あのアパートは、凄《すご》く居心地《いごこち》がよかったんですよ」

「……それはいいことだな」

「そうなんです、いいことなんですよ。私が自分で家を出るって決めて、見つけてきてくれたのはママですけど、住むって決めたのも私です」

「………」

今度は、春太《はるた》が黙《だま》って頷《うなず》く。

そうやって、雪季《ふゆ》が自分で考えて決めたことを嬉《うれ》しく思いつつも——

雪季《ふゆ》がまた家を出てしまうことは、今でも納得《なっとく》できていない。

「なのに、私はどうかしてますね……雪風荘《ゆきかぜそう》に泊《と》まって、お兄ちゃんがいない家に泊《と》まって、それだけならひーちゃんたちの家に泊《と》まるのと変わらないのに」

雪季《ふゆ》は、ぎゅっと自分の身体《からだ》を抱《だ》きしめるようにする。

「雪風荘《ゆきかぜそう》でのお泊《と》まりは本当に楽しかったんですよ。みなさん、歓迎《かんげい》してくれましたし、つららちゃん先輩《せんぱい》も優《やさ》しくて、足の踏《ふ》み場もない部屋に泊《と》まるのもちょっとワクワクしました」

「……楽しめたならよかったじゃないか」

「違《ちが》うんです、お兄ちゃん。楽しめたから——私は不安になっちゃったんです」

「雪季《ふゆ》……？」

春太《はるた》はまだ、雪季《ふゆ》が言わんとしていることが理解できていない。

ただ、雪季《ふゆ》の独立に納得《なっとく》できないのは春太《はるた》だけでなく、言い出した本人にも今は問題が発生している——それくらいはわかる。

「雪風荘《ゆきかぜそう》で暮らすということに、現実味を感じてしまって。ああ、私は春になったらお兄ちゃんと別の家で、この優《やさ》しい人たちと住み心地《ごこち》のいいアパートで暮らすんだなって。本当に、ほんの少し先の未来が実感できてしまったんです」

雪季《ふゆ》は、目を潤《うる》ませている。

「そのことが、私には凄《すご》く怖《こわ》くて……雪風荘《ゆきかぜそう》で暮らすのは楽しいはずなのに、怖《こわ》くなってしまったんです」

「それで、あんな朝一番で帰ってきたのか……」

急ぐ必要など少しもないのに、雪季《ふゆ》は春太《はるた》が起きるよりも先に帰ってきていた。

もちろん不思議には思っていたが、雪季《ふゆ》がそんなことで悩《なや》んでいるとは想像していなかった。

雪季《ふゆ》がなにを望んでいるのか、春太《はるた》にはまだ判断がつかない。

本人にもわからないのかもしれない。

だが、ここでわからないままで放っておくわけにはいかないだろう。

「雪風荘《ゆきかぜそう》に引《ひ》っ越《こ》すのは、雪季《ふゆ》が選んだことだ。だから——雪季がなかったことにもできる」

「そうしてしまいそうなんです、私。今日になって、今夜になって、本当にそんなことを考え始めてるんです……」

雪季《ふゆ》は窓から離《はな》れて、一歩春太《はるた》に近づいてきた。

だが、そこで足を止めてしまい、身体《からだ》をふらつかせながらも、それ以上は踏《ふ》み込《こ》んでこない。

「今……お兄ちゃんに凄《すご》く抱《だ》きつきたいです」

「俺は、雪季《ふゆ》が抱《だ》きついてくるなら拒否《きょひ》することなんてない」

「でも、今の私が抱《だ》きついたら——もう優《やさ》しくされるだけで。甘やかされるだけの妹になってしまって、カノジョにはなれなくなる気がするんです」

「………」

どうも、雪季《ふゆ》は言っていることが行ったり来たりしている。

支離滅裂《しりめつれつ》と言ってもいいくらいだ。

春太《はるた》は、本気で雪季《ふゆ》の精神状態が心配になってきた。

「私が明日の試験をちゃんと受けて、そうしたらたぶん——春には、雪風荘《ゆきかぜそう》での楽しい生活が始まります。楽しいけど、お兄ちゃんがいない生活が。私が妹じゃなくなる、新しい私の生活が——」

「……雪季《ふゆ》。待て、雪季《ふゆ》」

とにかく、雪季《ふゆ》を落ち着かせなければならない。

「雪季《ふゆ》、家を出ても俺と会えなくなるわけじゃないだろ。ウチから雪風荘《ゆきかぜそう》はたいした距離《きょり》じゃない。バイクならすぐだし、その気になれば歩いてでも行ける」

「正論パンチですね、お兄ちゃん……」

雪季《ふゆ》は、困ったように笑っている。

「……だったら暴論を言おう。雪季《ふゆ》、家を出て行くことはない。ウチにこのままいればいい。親とつららさんには俺から言ってやる」

これがもっとも簡単な結論だ。

実は春太《はるた》と雪季《ふゆ》の同居を避《さ》けたがっている両親も、雪季《ふゆ》がこのまま桜羽家《さくらばけ》での暮らしを続けたいと本気で望めば、反対はしないだろう。

少なくとも、春太《はるた》と雪季《ふゆ》にとってはなんの損もない話だ。

だが、雪季《ふゆ》は小さく首を振《ふ》った。

「このままこの家にいるのも、ダメだとは思うんです。家にいるのも雪風荘《ゆきかぜそう》に引《ひ》っ越《こ》すのも、どっちがいいのかわかりません……雪風荘《ゆきかぜそう》に泊《と》まって、お兄ちゃんとまた離《はな》ればなれになることが現実的になって……明日の受験が凄《すご》く怖《こわ》くて……」

「もういい、雪季《ふゆ》。それ以上悩《なや》むな」

「………っ」

春太《はるた》のほうから一歩踏《ふ》み出《だ》し、雪季《ふゆ》の華奢《きゃしゃ》な身体《からだ》をぐっと抱《だ》きしめていた。

強く抱《だ》きしめてやってから——唇《くちびる》を重ねる。

「お兄、ちゃん……」

「俺にだってわからない。雪季《ふゆ》を妹として見てるのか、女の子として見てるのか……俺にだってわからないんだよ。でも、雪季《ふゆ》のことが好きだ。それだけは間違《まちが》いない」

「私も、お兄ちゃんが好きです……」

雪季《ふゆ》のほうからもぎゅっと抱《だ》きついてきて、また唇《くちびる》を重ねた。

「私にはお兄ちゃんしかいません。他の人を好きになるなんて考えられません……でも、私にとってお兄ちゃんはお兄ちゃんで……ああ、やっぱりわかりません……」

「そうだな、悩《なや》むなって言っといて余計に悩《なや》ませたな」

「だから……い、もう私を迷わせないで、く、ださ、い」

「……っ、ふ、雪季《ふゆ》……!?」

雪季《ふゆ》は愛用のモコモコしたパジャマを脱《ぬ》ぐと、その下のキャミソール一枚になり——

その肩紐《かたひも》がするりと外れ、豊かなふくらみがほとんどあらわになっている。

「お兄ちゃん……パパが戻《もど》るまでもう少しありますよね……？」

「あ、ああ……」

「今はもう、どっちでもいいです……妹でもカノジョでも。お兄ちゃんを好きだっていう気持ちだけが本当で、お兄ちゃんも私のことを——」

「雪季《ふゆ》……」

春太《はるた》は雪季《ふゆ》とゆっくり口づけて。

舌を絡《から》め合い、激しく唇《くちびる》をむさぼるように味わって——

「はぁ……お兄ちゃん、好き……」

「ま、待て、雪季《ふゆ》、今夜はさすがに……」

「今夜だからです……私、このままじゃ頭がこんがらがって……お、お兄ちゃ、んに迷い、を全部、消し、て、ほしい、んです……」

「……」

春太《はるた》は抱《だ》きついてきた妹の身体《からだ》を、包み込むように抱《だ》きしめる。

本当にこれでいいのか？

たとえ雪季《ふゆ》を求めるにしても、少なくともタイミングは今ではないだろう。

春太《はるた》は、頭ではそうわかっていても雪季《ふゆ》を抱《だ》きしめる腕《うで》を緩《ゆる》めることができない。

「お兄ちゃん、迷わないでください……お兄ちゃんが迷ったら、私もどうしていいかわからなくなります……」

「俺は……こうすることが間違《まちが》ってるってわかってるのに、自分を止められないんだよ」

「間違《まちが》ってなんかいません……お兄ちゃん、私は……これから起こることを絶対に後悔《こうかい》したりしません。このあとでなにが起きても、今夜のことを後悔《こうかい》することはないです」

ぎゅうっ、と雪季《ふゆ》のほうも春太《はるた》にしがみつくようにして強く抱《だ》きついてきた。

春太《はるた》は、もうなにも考えられない——

今抱《だ》きしめているこの少女が、妹なのか一人の女の子なのか。

いや、違《ちが》う。

そうだ、春太《はるた》はもう迷っていない。

「俺も何度も何度も考えが変わってきた。雪季《ふゆ》を妹だと思ってきたのに、可愛《かわい》くて。女の子として見てるのに、妹と思いたくて。本当に、フラフラしてて——悪かった、雪季《ふゆ》。そうだよな、雪季《ふゆ》が迷ってるのは俺のせいだ……」

「やめて、お兄ちゃん」

雪季《ふゆ》が珍《めずら》しく敬語ではなく、短く言って春太《はるた》にキスしてきた。

「私もお兄ちゃんも、迷ってしまうのは当たり前です。ずっと兄妹《きょうだい》だと信じて育ったんですから。でも、こうしてお兄ちゃんに抱《だ》いてもらえたら、それだけで迷いは……消えます」

「雪季《ふゆ》……」

「迷いを消してください、お兄ちゃん……私に、お兄ちゃんを好きでいさせてください。お兄ちゃんを好きな私を……もっと強く抱《だ》いてください」

「ああ……」

こうしてすがりついてくる雪季《ふゆ》は、妹ではなく、一人の女の子だ。

もうそれを認めるしかなかった。

昔の映像を見て、雪季《ふゆ》との十年以上の思い出がよみがえって、彼女を妹だと思い直してきたというのに。

結局、春太《はるた》は——やはりどこかで、雪季《ふゆ》を妹とは思えなくなっていたようだ。

妹だと思ってしまえば、触《ふ》れ合《あ》えなくなるから。

「お兄ちゃん……」

雪季《ふゆ》は熱に浮《う》かされたような、潤《うる》んだ目をしている。

この目に映っている俺は、もう兄ではないだろうか？

あるいは欲望に駆《か》られた、ただの男になっているのではないか？

春太《はるた》は目の前に、すぐそばにいる一人の少女を求めている自分を否定できない。

「いいんです、お兄ちゃん……」

「本当に……?」

雪季《ふゆ》がこくりと頷《うなず》き——

春太《はるた》は、そっと人差し指で雪季《ふゆ》の唇《くちびる》をなぞるように撫《な》でる。

「結局、あの日にキスしたことが——すべてが変わるきっかけだったのかもしれない」

「ブランコでのあのときのことは、私も——忘れてません」

春太《はるた》と雪季《ふゆ》が実の兄妹《きょうだい》でないと判明した日。

その日の夜、二人で家を抜《ぬ》け出《だ》して、公園のブランコで語り合い、最後に唇《くちびる》を重ねた。

初めてのキスであり——あのキスが、兄妹《きょうだい》の関係を終わらせていたのだ。

「あの夜も、五月なのに寒かったですね……」

「ああ、寒かった……今はもっと寒いな」

「はい、私は寒いのは嫌《きら》いです。だから……あたためてください、お兄ちゃん」

「ああ、俺も雪季《ふゆ》のぬくもりがもっとほしい……」

春太《はるた》は雪季《ふゆ》をベッドに押し倒し、強く抱《だ》き合《あ》う。

雪季《ふゆ》の身体《からだ》はあたたかく、お互《たが》いが溶《と》け合《あ》ってしまいそうなほどに心地《ここち》よい。

二人は、五月のブランコでの触《ふ》れ合《あ》うようなキスよりも、もっとずっと強くむさぼるように唇《くちびる》を重ねて——

あとはもう、なにも言葉はいらない。

ただ、ずっと乗《の》り越《こ》えられなかった一線を二人だけの時間が終わる前に、越《こ》えていくだけだ。

第9話　妹はただ一つだけ許せない

二月にしては日射《ひざ》しがぽかぽかして、ずいぶんとあたたかい日だった。

「よし、できた」

「わっ、今日は——全然、結び目曲がってませんね」

透子《とうこ》も家にいるので、雪季《ふゆ》も春太《はるた》の部屋で着替《きが》えはできない。

ただ、リビングでネクタイだけ結んでやったのだ。

「やればできるもんだな。もう一回って言われてもできねぇかも」

「ふふ、曲がっててもいいんですよ、お兄ちゃんが結んでくれたら」

雪季《ふゆ》は、にこにこと笑っていて少しも緊張《きんちょう》を見せない。

今日は、受験の合格発表の日だというのに——

寒くはないが、雪季《ふゆ》はマフラーをきっちり首に巻きつけ、厚手の手袋《てぶくろ》も着けて。

「行ってきます。あとでＬＩＮＥしますね」

そう言って、雪季《ふゆ》は透子《とうこ》とともに出かけていった。

春太《はるた》は見送ることしかできなかった。

当の雪季《ふゆ》と透子《とうこ》に「二人だけで行きたい」と言われたら、無理についていけない。

二人は、万が一の場合に不合格になった自分たちを春太《はるた》に見せたくなかったのだろう。

平日だったので春太《はるた》は学校に行くつもりだったが、やはりそれどころではないと思い直した。

リビングのソファに座り、スマホもTVも見ずにぼんやりと待つことしかできなかった。

そして、十時過ぎにスマホが鳴り――

【ふゆ】［透子《とうこ》ちゃんも私も合格］

ずいぶん素っ気ない文章だったのは、送った本人も興奮しきっていたせいだろう。

とにかく――

「………っ！」

春太《はるた》は勢いよく立ち上がって、ぐっと拳《こぶし》を握《にぎ》り締《し》めた。

そして、次の瞬間《しゅんかん》には考える前に身体《からだ》が動いてしまっていた。

すぐに家を飛び出して、最近は寒すぎて眠《ねむ》らせていた愛車レイゼン号を引っ張り出し、法定速度をギリギリで守り、水流川女子《みながわじょし》へ――

「雪季《ふゆ》っ！　透子《とうこ》！」

「お、お兄ちゃん……」

「お兄さん……」

レイゼン号で水流川女子《みながわじょし》のそばまで近づいたところで、見慣れた姿が正面から歩いてくるのが見えた。

春太《はるた》はレイゼン号を止め、飛ぶようにして雪季《ふゆ》のそばまで走り寄り――

ぽん、と透子《とうこ》が雪季《ふゆ》の背中を押すのが見えた。

「おめでとう、雪季《ふゆ》！」

「お兄ちゃん……！」

春太《はるた》は止まらずに雪季《ふゆ》に駆《か》け寄《よ》り、ぐっと抱《だ》きしめた。

雪季《ふゆ》も大きく両手を広げて、春太《はるた》に抱《だ》きついてくる。

ぎゅううっ、と表向きは兄妹《きょうだい》ということになっているのに、あまりにも熱すぎる抱擁《ほうよう》を交《か》わしてから――

「あ、交代ですね……ど、どうぞ、透子《とうこ》ちゃん」

「い、いえ、私は……」

「透子《とうこ》もおめでとう。よく頑張《がんば》ったな」

春太《はるた》はかまわずに、透子《とうこ》も抱《だ》きしめた。

透子《とうこ》も遠慮《えんりょ》がちに、春太《はるた》の背中に腕《うで》を回してくる。

「……はぁ。本当に二人ともよくやった。おめでとう」

「「ありがとうございます」」

春太《はるた》が透子《とうこ》を解放してからあらためて祝福すると、二人は声を揃《そろ》えて言った。

実はよく似ている従姉妹《いとこ》の二人は、息もぴったりのようだった。

「本当に……よかった……二人とも頑張《がんば》ってたもんな。合格して、ホントに……」

春太《はるた》は、ぽろぽろと涙《なみだ》がこぼれてくるのを抑《おさ》えられなかった。

人前で涙《なみだ》を流すなど、小さい子供の頃《ころ》以来のことだ。

「お、お兄ちゃん、なにも泣かなくても」

「そ、そうですよ。嬉《うれ》しいですけど、そこまでのことでは……」

雪季《ふゆ》と透子《とうこ》は、オロオロしてしまっている。

まさか、春太《はるた》が泣き出すとは思っていなかったのだろう。

「わ、悪い。いや、二人が合格すんのはわかってたのにな」

春太《はるた》は涙《なみだ》を手でぬぐいながら、無理に笑った。

受験は昨日で、合格発表は今日。

私立は即日《そくじつ》採点ですぐに発表、という学校は珍《めずら》しくない。

春太《はるた》は二人の自己採点を見て、二人とも三教科受けてすべてほぼ満点に近いことは知っていた。

いや、透子《とうこ》に至ってはミスがなければオール満点だった。

受験当日に熱は下がり、体調も問題なく、春太《はるた》も雪季《ふゆ》も本人以上に安心したものだ。

面接のほうも、旅館の仕事で人に慣れている透子《とうこ》はもちろん、雪季《ふゆ》も意外に落ち着いて対処できたことも聞いている。

実際、万に一つも落ちることはないと思っていたが——

「ちゃんと結果が出てみると嬉《うれ》しくてな。よし、よし、二人とも本当によくやった」

「あ、あはは。お兄ちゃん、何度も同じこと言ってますよ」

「はは、語彙《ごい》力が死んでるな。そうだ、父さんと母さんにも連絡《れんらく》しないと」

「もう連絡《れんらく》しましたよ。ひーちゃんれーちゃんにも、晶穂《あきほ》さんにも」

「そ、そうか、そりゃそうだよな」

春太《はるた》は苦笑いして、二人の頭をぐりぐりと撫《な》でる。

雪季《ふゆ》も透子《とうこ》も嫌《いや》がる様子もなく、されるがままになってくれている。

「あ、お兄ちゃん。学校サボってますね？　いけませんよ、悪い見本になっては」

「さて、ちょっと早いが昼メシに行くか」

春太《はるた》は強引《ごういん》に話を変える。

「そうだな、寿司《すし》でどうだ？　予算の都合で回るヤツだが」

「回るお寿司《すし》、大好きです！」

「私もお魚派閥《はばつ》に属してます！」

雪季《ふゆ》と透子《とうこ》が、さっと手を挙げて同意する。

合格祝いというには安上がりだが、とりあえずのお祝いとしては悪くないだろう。

「……あ、すみません、お兄さん。その前にちょっと。父から電話が」

「ああ、気にせずゆっくり話してこい」

透子《とうこ》は頷《うなず》いて、春太《はるた》たちから離《はな》れて電話で話し始める。

春太《はるた》は雪季《ふゆ》とともにレイゼン号のそばまで戻《もど》って、透子《とうこ》を待つことにする。

「雪季《ふゆ》、合格祝いはなにがほしいか考えとけよ」

「あはは、サプライズ狙《ねら》いでもいいですよ？」

「俺はそれでもいいが、父さんなんかは思いつかないんじゃないか？　ほしいものを言ってやったほうが喜ぶと思う」

「それもそうですね……」

うーん、と雪季《ふゆ》は腕組《うでぐ》みして悩《なや》んでいる。

「合格祝いもあるし、進学祝いも別でもらえるぞ。俺ももらったし。現金だけどな」

「私は物がいいですね。美味《おい》しいお寿司《すし》か焼き肉もいいですけど」

「そういや、旅行って話もあったな。好きなだけ食って遊べ」

「はい、もちろん遊び倒《たお》しますよ♡」

雪季《ふゆ》はニコニコと最高にご機嫌《きげん》だ。

もう、あの夜の泣き出しそうな顔が幻《まぼろし》だったのではと思えるほどだ。

いや、幻《まぼろし》でないのは春太《はるた》がなによりもわかっている。

あの夜に触《ふ》れた身体《からだ》の柔《やわ》らかさ、甘い香りがあまりにも鮮烈《せんれつ》すぎて――

「あ……」

雪季《ふゆ》は、春太《はるた》の心を読んだかのように、突然《とつぜん》赤くなって。

「……お兄ちゃん。今夜……お兄ちゃんの部屋に行っていいですか？」

「ああ……」

雪季《ふゆ》が、うつむきながら春太《はるた》のコートの袖《そで》を引っ張ってきている。

二人だけの夜は、夢でも幻《まぼろし》でもない。

雪季《ふゆ》が甘えてくるのはいつものことだが、こんなにも甘ったるくて色っぽい声でささやいてきたことが、あの夜が現実だったと証明している。

妹からカノジョになると宣言し、また妹になり――

あの夜の雪季《ふゆ》は、間違《まちが》いなく春太《はるた》にとって一人の女の子だった。

今の雪季《ふゆ》は妹なのか、カノジョになりたい女の子なのか、春太《はるた》にはわからない。

あるいは雪季《ふゆ》自身にも――

「すみません、お兄さん、雪季《ふゆ》さん、お待たせしました。お父さん、早く帰ってこいってうるさくて」

「あ、ああ。そりゃ、親父《おやじ》さんも早くお祝いしたいんだろ」

透子《とうこ》が戻《もど》ってきて、雪季《ふゆ》はその瞬間《しゅんかん》にはぱっと春太《はるた》の袖《そで》を放していた。

「残念ながら、今日はまだウチでお嬢《じょう》さんをお預かりするけどな。今夜は、母さんが美味《うま》いものつくってくれるらしい」

「はい、私も楽しみです」

透子《とうこ》もご機嫌《きげん》で、嬉《うれ》しそうに頷《うなず》いた。

春太《はるた》たちの母は受験日の当日に帰る予定だったが、休暇《きゅうか》を延長して合格発表も見届けることにしている。

仕事の鬼《おに》の冬野《とうの》白音《しらね》も、さすがに娘《むすめ》には甘い。

雪季《ふゆ》への甘さなら、春太《はるた》は誰《だれ》にも負けないが――

今はその甘さが、妹だからなのかそれとも別の存在に変わったからなのか、どうしてもわからない。


春太《はるた》は、回転寿司《ずし》で雪季《ふゆ》と透子《とうこ》との早めの昼食を済ませると。

年下二人に悪い見本を示すわけにもいかず、今さらながら登校することにした。

雪季《ふゆ》たちは家に帰って、二人でささやかに打ち上げをするらしい。

「ふわ……眠《ねむ》っ……」

合格発表前の昨夜も、受験日前の一昨夜もまともに眠《ねむ》れなかった。

雪季《ふゆ》にしっかり眠《ねむ》れと言っておきながら、自分はろくに睡眠《すいみん》を取っていない。

悠凜館《ゆうりんかん》高校に着き、正門は登校時間帯以外は閉まっているので、裏門から入る。

そういえば、と春太《はるた》は思い出す。

氷川《ひかわ》と冷泉《れいぜん》の受験ももう間もなく、三日後に控《ひか》えている。

あの二人もまったく心配ないとは思うが、受験前に一度様子を見に行かなければならない。

特に冷泉《れいぜん》は家庭教師の教え子なのだから、励《はげ》ましておく必要がある。

「お、来た来た」

「……晶穂《あきほ》？」

靴箱《くつばこ》の近くに、晶穂《あきほ》が立っていた。

壁《かべ》にもたれ、耳にイヤホンをはめてノートになにか書きつけている。

「そろそろ来る頃《ころ》かなと思って。お迎《むか》えに来てあげたよ、嬉《うれ》しい？」

「なんか怖《こわ》い」

「おい」

睨《にら》まれるが、春太《はるた》は怯《ひる》まない。

まだ午前中最後の授業が続いている。どうやら、晶穂《あきほ》もサボっているらしい。

「それ、なに書いてんだ？」

「ちょっと編曲《アレンジ》を考えたりね。キラさんにも手伝ってもらってるけど、やっぱ自分で考えないと」

「おまえ、曲をつくりまくってるなあ。あまり無理すんなよ」

「大丈夫《だいじょうぶ》、大丈夫《だいじょうぶ》。それよりさ、今から行っても、半分も授業出られないよ。どうせだからこのままサボろう」

「……いいけどな」

春太《はるた》が頷《うなず》くと、晶穂《あきほ》はさっさと歩き出した。

しばらく歩いて、軽音楽部の部室に着く。

晶穂《あきほ》は軽音楽部の部室の合鍵《あいかぎ》を勝手に持っていて、いつも自由に出入りしているらしい。とんでもない話だ。

「まずは、雪季《ふゆ》ちゃんとトーコちゃんの合格おめでとう。これをなにより先に言いたくてね」

「ありがとう――って、俺が礼を言うことでもないか？」

「二人の保護者みたいなもんでしょ、ハルは。だからいいんじゃない？　あとで本人たちにもお祝いするよ。あたしの笑顔《えがお》でいいかな？」

「無料のもので済まそうとすんな」

「ち、ダメか。しゃーない、祝福の歌を贈《おく》ろう」

「それも無料じゃねぇか」

「あはは、愛をたっぷり込《こ》めて歌うからさ」

晶穂《あきほ》は笑って、部室の床《ゆか》にあぐらをかいて座り、ギターを弾《ひ》き始めた。

「おい、大丈夫《だいじょうぶ》なのか、授業中にギターなんて鳴らして」

「アンプに繋《つな》がなきゃ、外には聞こえないよ。一応、防音だからこの部屋」

「それならいいが……って、待て、晶穂《あきほ》」

春太《はるた》は手を伸《の》ばし、ギターの弦《げん》を押さえている晶穂《あきほ》の手を摑《つか》んだ。

その指には——包帯がぐるぐると巻きつけられている。

「なんだ、これ？　いつの間にこんなケガ……」

「おいおい、今さら気づいたんかい。包帯巻いてたの、昨日今日じゃないよ？　雪季《ふゆ》ちゃんの受験が気になるにしても、上《うわ》の空《そら》すぎじゃない？」

「……悪い」

確かに春太《はるた》は雪季《ふゆ》の受験が気になりすぎて、学校に来てもまったく周りが目に入っていなかった。

それにしても、毎日教室で顔を合わせている晶穂《あきほ》の指の異常にもまるで気づいていなかったとは……。

「あたしの指の皮もいい加減分厚くなってんだけど、ちょっと最近は弾《ひ》きすぎたかもね。別に指をケガしたって死にゃしないからいいけど」

「よくはねぇだろ」

春太も指のケガは最近経験したばかりなので、意外に痛むし、生活にも支障が出ると知っている。

「まったく……ここまで熱心に練習しなくてもいいだろ」

「練習でもしてなきゃ、やってられないんだよ」

「…………」

晶穂《あきほ》は表情を浮《う》かべず、指でギターの弦《げん》をかき鳴らした。

その手つきが、春太《はるた》にはずいぶんと乱暴なように思えて——

春太《はるた》は晶穂《あきほ》の手を摑《つか》んだまま、じっと彼女の目を見つめる。

「……悪かった、雪季《ふゆ》のことばかりで晶穂《あきほ》を放ったらかしてた。晶穂《あきほ》が許してくれても、もう少し気を遣《つか》うべきだった」

「受験が終わったから、今ならなんとでも言えるよね」

「…………」

晶穂《あきほ》は、黙《だま》ってしまった春太《はるた》の手を軽く振《ふ》り払《はら》うようにして、ギターを弾《ひ》き始める。

アップテンポな曲でありながら、不思議ともの悲しくも聴《き》こえるメロディだった。

「……その曲は？　聴《き》いたことないな、新曲か？」

「ＬＡＳＴ　ＬＥＡＦの曲だよ」

「え?」

LAST LEAF——春太《はるた》の母と晶穂《あきほ》の母が組んでいた音楽ユニット。

その曲が残っていたとは、春太《はるた》は知らなかった。

「ちょっとね、LAST LEAFの曲を知ってる人がいてさ。その人に聴《き》かせてもらって、編曲を調整し直してるところ。昔のまんまだとあたしにはちょっと暗すぎるからね」

「……次の曲が勝負になるかもって、青葉《あおば》さんが言ってたな」

青葉《あおば》キラはAKIHOチャンネルの展開については、春太《はるた》にも情報を共有してきている。

「あたしのチャンネルもマジで伸《の》びてきたからね。新メンバーの体制も、ネイビーリーフのサポートも馴染《なじ》んできて、次が勝負所だっていうのはそのとおりだと思う」

確かに、何事もいきなり上手《うま》くはいかない。

動画配信は、プロのサポートや予算が投入されただけで、いきなりバズるほど甘い世界ではないのだ。

だからこそ、晶穂《あきほ》はここまで熱心に練習しているのだろう。

一時的に桜羽《さくらば》家《け》を出ているのも、ただ雪季《ふゆ》やその母に気を遣《つか》っただけでもなさそうだ。

晶穂《あきほ》は指をケガしているとは思えないほど、なめらかに演奏して——

「サビの三つのコードの繰《く》り返《かえ》しがシンプルだけどいい味出てるんだよね」

「……へぇ、確かにいいな」

春太《はるた》も楽譜《がくふ》などはまるで読めないが、ベースを始めたおかげでコードも多少は知っている。

確かにシンプルでありながら、心に沁《し》みてくるような音だ。

たった三つのコードで、これほどの音楽が生まれるのか――

「この曲は、ハルにもガチでベース弾《ひ》いてもらうから。下手くそでも容赦《ようしゃ》なく、あんたの音で公開するからね」

「え？　お、おい、これけっこう難しくねぇ？　俺にはちょっと……」

「あたしとハルが弾《ひ》かなくてどうすんの？　これは、月夜見秋葉と山吹翠璃の曲なんだよ」

「……ロックらしい弾《ひ》き方、教えてくれよ」

春太《はるた》が応えると、晶穂《あきほ》はこくりと頷《うなず》いた。

まったく自信はないが、晶穂《あきほ》の言うとおり――理屈《りくつ》ではなく、この曲を受《う》け継《つ》げるのは春太《はるた》と晶穂《あきほ》だけなのだろう。

晶穂《あきほ》は、三つのコードを繰《く》り返《かえ》し繰《く》り返《かえ》し弾《ひ》いて――

「ごめん、ハル。さっきのは言いすぎだった。あたしが雪季《ふゆ》ちゃん優先しろって言ったんだし。せっかくのおめでたい日なのにね。はは、あたしって面倒《めんどう》くさすぎだ」

「……いや、俺こそ悪かった」

春太《はるた》は首を振《ふ》り、晶穂《あきほ》から離《はな》れて窓際《まどぎわ》に立つ。

「それで、雪季《ふゆ》ちゃんとなにがあったの？」

「――え？」

「さっき、雪季《ふゆ》ちゃんから合格したってLINEが来て。返事したら――『晶穂《あきほ》さんにお話ししたいことがあります』だってさ。あらたまっちゃって、ホント隠《かく》し事《ごと》ができない子だよね」

「……そうか」

「もしかして、雪季《ふゆ》ちゃんとヤっちゃった？」


「…………っ」

あまりにストレートな物言いに、春太《はるた》は絶句してしまう。

「我ながら自分のカンにびっくりだ。ま、雪季《ふゆ》ちゃんもかなり思《おも》い詰《つ》めてるみたいだったたし、時間の問題かなあとは思ってたよ」

「あ、晶穂《あきほ》……それは……」

「言い訳すんな。そんなのは聞きたくない」

晶穂《あきほ》は無表情になって、演奏していた手を止め、ギターを春太《はるた》に手《て》渡《わた》してきた。

「……な、なんだ？」

「持ってて。安物だけど、あたしには大事な初めてのギターなんだから」

「なんで俺に……」

「持ってたら叩《たた》き壊《こわ》しちゃいそうだから」

「…………っ！」

「ギターを壊《こわ》すのはロックミュージシャンの嗜《たしな》みだけど、あたしみたいな素人《しろうと》ロッカーがやってもあとで困るだけだからね」

晶穂《あきほ》は怒《おこ》っているような口調でありながら、その目はなぜか春太《はるた》を憐《あわ》れんでいるようにも見える。

いや、その目は春太《はるた》ではなく自分を憐《あわ》れんでいるのかもしれない。

なぜ、この少女はまだ高校一年でこんな複雑な悲しみをたたえた目ができるのか——

「トーコちゃんとか冷泉《れいぜん》ちゃんとか、あの子たちと一回や二回の浮気《うわき》ならあたしだって軽くぶん殴《なぐ》るくらいで済ませたけど。でもさ」

「晶穂《あきほ》……」

「雪季《ふゆ》ちゃんとだけは許せない」

晶穂《あきほ》は突然《とつぜん》立ち上がり、春太《はるた》の胸《むな》ぐらをがしっと摑《つか》んできた。

春太《はるた》は抱《かか》えていたギターを思わず取り落としそうになりつつ、かろうじて持ち直す。

「どうしてだろうね、あたしだって雪季《ふゆ》ちゃんを妹みたいに思ってるのに。妹みたいに思ってるから？　あの子がハルの妹なのか、カノジョなのかわからない。わからないから、許せないのかもしれない。ああ、あたしなに言ってるんだろうね？」

「待て、晶穂《あきほ》。そうだな、言い訳はしない。でも、雪季《ふゆ》のことは――」

「ハルが雪季《ふゆ》ちゃんを好きなのはわかってる。そんなのは、あたしらが付き合い始める前からわかってたし、あたしがハルの妹だってバラしてからだってずっとそうだった。だから、あたしには怒《おこ》る資格なんてない。でも――許せない」

「……俺は晶穂《あきほ》を妹だと思うことにした。妹だから守ろうと決めた」

「そうだね。あたしにはもう――お兄ちゃんしかいないんだから」

それは、秋葉《あきは》の死を知った直後に晶穂《あきほ》が語った台詞《せりふ》だった。

「ハルを許せなくなったら、あたしにはもう誰《だれ》もいなくなっちゃう。でも――でも！」

晶穂《あきほ》はぐいっと春太《はるた》の胸《むな》ぐらをさらに強く持ち上げるようにして――

「そろそろ、ケリをつけないとね。あたしとハルと雪季《ふゆ》ちゃん……誰《だれ》が妹で誰《だれ》がカノジョなのか。あ、トーコちゃんも冷泉《れいぜん》ちゃんも黙《だま》ってないかな。ハル、ここからが地獄《じごく》だよ？」

「地獄《じごく》だとしても……俺が自分から踏《ふ》み込《こ》んだ地獄《じごく》だろ」

春太《はるた》は、この状況《じようきよう》を誰《だれ》のせいにもできないことを悟《さと》っている。

今さら、人のせいにするなど図々《ずうずう》しすぎる――

流されたとしても、春太《はるた》には逆らう機会も引き返す機会も、いくらでもあったはずだ。

春太《はるた》と晶穂《あきほ》が兄妹《きょうだい》で、春太《はるた》と雪季《ふゆ》が兄妹《きょうだい》でないことも、もう誰《だれ》のせいでもない。

春太《はるた》が雪季《ふゆ》を女の子として見てしまった、あの夜の決断も——

この状況《じょうきょう》に踏《ふ》み込《こ》んだのは春太《はるた》自身の意志であり、引き返せなくなったのも、春太《はるた》が重ねてきた選択《せんたく》の結果だ。

「そうだね……じゃ、一緒《いっしょ》に地獄《じごく》に落ちようか、お兄ちゃん？」

晶穂《あきほ》は春太《はるた》の首を締《し》め上《あ》げるようにしながら——にっこりと笑った。

第10話　エピローグ

水流川女子《みながわじょし》の合格発表から数日後、日曜日。

雪季《ふゆ》の母はさすがに仕事に復帰し、透子《とうこ》も入学手続きが終わると田舎《いなか》に帰っていった。

今度は地元の中学を卒業してから、雪風荘《ゆきかぜそう》に引《ひ》っ越《こ》してくることになる。

もっとも、その前にいろいろな手続きのために一回か二回はまた桜羽家《さくらばけ》に来るらしい。

もちろん、桜羽家《さくらばけ》は大歓迎《かんげい》する。


「お兄ちゃーん」

「ん？　どうした、雪季《ふゆ》？」

午前中、春太《はるた》が自室のノートPCでネットを眺《なが》めていると、雪季《ふゆ》が部屋に入ってきた。

ピンクのマフラーに白のセーター、グレーでチェックのミニスカート、黒タイツ、それに上品なベージュのコートを羽織った、オシャレな格好だ。

髪《かみ》もさっそく茶色く染め直していて、今日は凝《こ》った編み込みにしていて可愛《かわい》い。

「ひーちゃんれーちゃんとお出かけしてきます」

「ああ、そうだったな。悪い、忘れてた」

「ふふ、ちゃんとお昼ご飯は用意してありますので。レンジでチンして食べてください」

「ああ、助かる。雪季《ふゆ》、楽しんでこいよ」

「お兄ちゃんも一緒《いっしょ》に来ます？」

「まさか、雪季《ふゆ》たちの邪魔《じゃま》はしねぇよ。楽しんでこい」

春太《はるた》は笑い、雪季《ふゆ》も微笑《ほほえ》んで頷《うなず》いた。

雪季《ふゆ》は手を振《ふ》って、春太《はるた》の部屋から出て行き、すぐに玄関《げんかん》のドアを開け閉めする音も聞こえてきた。

受験から解放された女子中学生三人は、しばらくはなにもかも忘れて遊び倒《たお》すつもりらしい。

そう、氷川流琉《ひかわるる》と冷泉素子《れいぜんもとこ》も無事に悠凜館《ゆうりんかん》高校に合格を果たし——

特に、冷泉《れいぜん》の合格は春太《はるた》をほっとさせた。

合格発表の当日、春太《はるた》も氷川《ひかわ》と冷泉《れいぜん》に同行し、合格して感極《かんきわ》まった冷泉《れいぜん》に抱《だ》きつかれてしまった。

『よかった、よかった……！　私、やりましたよ、先輩《せんぱい》！』

と、冷泉《れいぜん》は素の口調で泣きながらぎゅっとしがみついてきたので、春太《はるた》もさすがに拒否《きょひ》もできず——

とりあえず、冷泉《れいぜん》の頭を撫《な》でてやるくらいしかできなかったが、それだけで彼女のほうは充《じゅう》分《ぶん》だったらしい。

とはいえ、冷泉《れいぜん》の〝ご褒美《ほうび》〟の話はまだ終わっていないので、安心するのはまだ早いが。

「ん？」

晶穂《あきほ》から、ＬＩＮＥが届いていた。

春太《はるた》が確認《かくにん》すると、クラウドストレージのＵＲＬだけが表示されている。

なんの説明もないのが晶穂《あきほ》らしい。

今のところ、晶穂《あきほ》は学校や雪季《ふゆ》の前でも以前と変わらない。

結局、雪季《ふゆ》から受験前日の夜のこともまだ聞いていないようだ。

晶穂《あきほ》が避《さ》けているのか、雪季《ふゆ》が話すのをためらっているのか、春太《はるた》は本人たちから聞かされていない。

ただ、晶穂《あきほ》は完全に月夜見《つくよみ》家《け》のアパートに戻《もど》ってしまい、居候《いそうろう》は解消されたようだった。

「あいつ、マジで大丈夫《だいじょうぶ》なのか……」

ギターを熱心に弾《ひ》きすぎているのも心配だし、春太《はるた》は晶穂《あきほ》が一人暮らししていることが不安で仕方ない。

これから、雪季《ふゆ》の独立問題も具体的に立ちはだかってくるわけなので、頭が痛かった。

受験というビッグイベントが終わっても、人生の苦難はまだ続いていく。

「っと、これは……なんだ、音源か」

春太《はるた》はクラウドストレージのファイルを確認《かくにん》する。

ノートＰＣのほうでファイルをダウンロードすると、ｗａｖｅファイル——音声データだった。

すぐに再生してみると、聴《き》き覚えのある音楽が流れてきた。

「この前のLAST　LEAFの曲か……けっこうアレンジ入ってるな」

前に軽音楽部の部室で晶穂《あきほ》が弾《ひ》いていたときと、かなりイメージが違《ちが》う。

ベースやドラムなどの音も入っているので当たり前だが、晶穂《あきほ》の独自解釈《かいしゃく》があちこちにまじっているようだ。

「へぇ……！　これは凄《すご》くないか……？」

思わずノートPCに向かって、身を乗り出してしまうほどの仕上がりだった。

晶穂《あきほ》の音楽センスの良さは春太《はるた》も最近は理解できてきたが、この曲は完成度が高く、それでいてキャッチーに仕上がっている。

もしかすると、晶穂《あきほ》のチャンネルはこの曲で大きくハネるかもしれない——そんな予感を抱《いだ》かせる。

「タイトルは……『Lost　Spring』、失われた春？　俺へのイヤガラセじゃないよな？」

あるいは、タイトルはLAST　LEAFからそのまま引《ひ》き継《つ》いだのかもしれない。

春太《はるた》が生まれる前につくられた曲なのだから、それならば別に春太《はるた》の名前にかこつけたわけではないだろう。

「ん？　あ、そうか……！」

春太《はるた》はふと思いつき、ＰＣに秋葉《あきは》が最後に送ってきた圧縮ファイルを表示させた。

それから、晶穂《あきほ》が弾《ひ》いていたＬＡＳＴ　ＬＥＡＦの曲の特徴的《とくちょう》な三つのコードをパスワード欄《らん》に打ち込んでみた。

果たして——あっさりとファイルは開いた。

「おいおい、こんなもん下手したら一生わからなかったぞ、秋葉《あきは》さん……！」

解凍《かいとう》されたファイルの内部には〝ｈａｒｕｔａｈｉｍｉｔｕ〟というフォルダが一つあるだけだった。

そのフォルダの中にあるのは——

「……ダメだな」

春太《はるた》はフォルダを開こうとして、その手を止めた。

このパスワードは、晶穂《あきほ》の協力がなければ開けなかった。

少なくとも、年末の——秋葉《あきは》が存命の時点では春太《はるた》はギターのコードなど一つも知らなかったのだ。

つまり、春太《はるた》と晶穂《あきほ》の二人で見るべきファイルが入っているのではないだろうか？

開けるための方法そのものが、秋葉《あきは》からのメッセージだったと——

「考えすぎかな……でも、このまま開くのは……」

もしかすると、秋葉《あきは》が娘《むすめ》に見られたくないものが入っているかもしれない。

だが、春太《はるた》は晶穂《あきほ》にも見せて決めるべきだと思えてならなかった。

「……行くか」

いつでも晶穂《あきほ》のところへ駆《か》けつける、と約束したのだ。

今、『Lost Spring』を聴《き》かせてもらい、秋葉《あきは》のファイルも開いたのだから、呼ばれていなくても晶穂《あきほ》に会いに行くべきだろう。

春太《はるた》はノートPCのフタを閉じ、リュックにしまう。

手早く着替《きが》えて分厚いコートを着て、リュックを背負って外に出た。

おそらく、晶穂《あきほ》は今日は家にいるはずだ。

スタジオに入ったり事務所に行く日は春太《はるた》にも共有されているので、間違《まちが》いない。

春太《はるた》はレイゼン号を引っ張り出し、寒さに震《ふる》えながら走り出す。

「うおーっ、寒ぃーっ！　くっそ、これでしょうもないファイルが入ってたら恨《うら》むぞ、秋葉《あきは》さん！」

どうでもいいことを叫《さけ》びながら走っていて、すぐに――

「えっ、あれ？」

例の児童公園――春太《はるた》と雪季《ふゆ》のかつての遊び場で、晶穂《あきほ》が初めて春太《はるた》を見かけたという公園の前を通ると。

公園内に、見慣れた姿があった。

ついさっき、出かけたばかりの雪季《ふゆ》がいた。

しかも、周りには何人かの人たちが集まっている。

大人も子供も若い人も年寄りもいて、なんだか——野次馬のようだった。

春太《はるた》はレイゼン号を公園の前に駐《と》めて、ヘルメットを取りながら公園の中へと入っていく。

「おい、雪季《ふゆ》！」

「え？　あ、お兄ちゃん⁉」

雪季《ふゆ》はすぐに気づいて、振《ふ》り返《かえ》った。

その顔は——血の気が引いて、明らかな焦《あせ》りの色が浮《う》かんでいる。

「ど、どうした？　なにかあったのか、雪季《ふゆ》？」

「お、お兄ちゃん。今、お兄ちゃんに電話しようとしてたんです！」

「なんだ、なにか——」

言いかけて、春太《はるた》も気づいた。

公園にはベンチがあり、雪季《ふゆ》と野次馬たちはそのベンチを取り囲むようにしていたのだ。

ベンチには——

「あ、晶穂《あきほ》……？」

スカジャン姿の晶穂《あきほ》が、ベンチに横たわっていた。

愛用のギターをベンチに立てかけている。

「わ、私、駅に行こうとして、それで……公園の前を通ったら、なんだか騒《さわ》がしくて。なにかなって見てみたら、晶穂《あきほ》さんが……」

雪季《ふゆ》は春太《はるた》の右袖《みぎそで》を摑《つか》み、必死になって説明している。

「あ、晶穂《あきほ》さんも私に気づいて、そしたら……『お兄ちゃんを呼んで』って……」

「わかった、落ち着いてくれ、雪季《ふゆ》」

春太《はるた》は雪季《ふゆ》の肩《かた》に軽く手を置いて、周りの人たちをかき分けるようにしてベンチの前まで歩き、そこでしゃがみ込んだ。

晶穂《あきほ》はうっすら目を開けて、春太《はるた》のほうを見ている。

口を開くことはなく、意識があるのかないのか、春太《はるた》には判断がつかない。

「晶穂《あきほ》、俺だ」

「…………」

呼びかけても、晶穂《あきほ》の目は動かず、唇《くちびる》も固まってしまったかのようだ。

やはり、晶穂《あきほ》を一人にするべきではなかった――

なぜ公園などにいたのか、どうして倒《たお》れたのか、そんなこともどうでもいい。

ただ春太《はるた》は──守ろうと決めた晶穂《あきほ》を守れていない自分を許せそうになかった。
だが、自分を責めるのはあとでもいい。
「晶穂《あきほ》……」
春太《はるた》は着ていたコートを脱《ぬ》ぎ、晶穂《あきほ》の身体《からだ》にかけてやった。
寒さなどどうでもいい──このくらいのことしか、今の春太《はるた》にはできない。
遠くから、救急車のサイレンが響《ひび》いてきた。
どうやら誰《だれ》かが通報してくれていたらしい。
そのときになって、春太《はるた》は自分がひどく動揺《どうよう》していることに気づいた。
救急車を呼ぶということを思いつきもしていなかったからだ。
「晶穂《あきほ》、大丈夫《だいじょうぶ》だ。もうなにも──心配いらない」
春太《はるた》は晶穂《あきほ》の手を、握《にぎ》ってやった。
その手は冷たいけれど、確かな体温が感じられる。
晶穂《あきほ》は生きている、そして──わずかにだが、春太《はるた》の手を握《にぎ》り返してきている。
「晶穂《あきほ》、俺はここにいるからな」
春太《はるた》は思う。
地獄《じごく》には、一緒《いっしょ》に堕《お》ちるはずだっただろ──と。
いや、晶穂《あきほ》を地獄《じごく》になど行かせない──絶対に、晶穂《あきほ》を死なせるつもりはない。

秋葉《あきは》のもとに行くには、まだあまりにも早すぎる。

「お兄ちゃん……」

「雪季《ふゆ》、俺にとって——晶穂《あきほ》は妹だ」

後ろから聞こえた声に、春太《はるた》は振《ふ》り向《む》かずに言った。

雪季《ふゆ》は小さく、「はい」と一言応えただけだった。

今、雪季《ふゆ》がどんな顔をしているのか気にならないと言ったら嘘《うそ》になる。

だが、春太《はるた》にとって今、〝守るべき妹〟は晶穂《あきほ》だった——

妹はカノジョにできないのに
5

次巻完結。
奇妙な巡り合わせの兄妹三人。
二人の〝妹《雪季》《晶穂》〟を巡る結末は——!
IMOUTO HA
KANOJO NI
DEKINAI NONI
Yukagami Presents
illust by sonkuro

あとがき

どうも、鏡遊《かがみゆう》です。

またもやお待たせしてしまってすみません！　4巻をやっとお届けできました！

とんでもないトコロで終わって、次巻まで長くかかってしまうのは本当に申し訳ないんですが、色々とバタバタしまして……ですが、お待たせした分だけ楽しんでいただける内容になっていると思います！

というわけで、前巻ラストでまた晶穂《あきほ》さんに大変なことが起き、雪季《ふゆ》ちゃんにも運命の受験本番が迫《せま》って——と盛りだくさんの4巻です。

相も変わらず〝妹〟に翻弄《ほんろう》される春太《はるた》くんですが、彼の人生もたいがいハードモードですね。大好きなゲームを楽しんでいる様子もなく、彼もこれで苦労してるんですよ。

僕だったらゲームを取り上げられたら、すべてを捨てて逃《に》げ出《だ》したくなっちゃいますね。この春だって魔法《まほう》学校に通ったり、亡霊《ぼうれい》の撮影《さつえい》会をしたり、村で大統領令嬢《れいじょう》を救出したりして、忙《いそが》しいんですよ。

まあ、僕の現実逃避《とうひ》のお話はともかく。

そういえば、前巻で登場した〝涼風《すずか》〟が良《い》いキャラでお気に入りです。鏡遊がメイドさん好きだから贔屓《ひいき》してる……わけではないですが、ヒリついてきたお話の中で、良《い》い癒《い》やしになってるんじゃないかなと。

涼風《すずか》は飄々《ひょうひょう》としてますけど、春太《はるた》とのややこしい歴史を築いてきた人ですからね。掘《ほ》り下《さ》げたらいろいろ出てきそう……怖《こわ》い。

できれば、涼風《すずか》には癒《い》やしメイドのままでいてほしいもんです。


実は、カクヨム版もお待たせしてるんですよね。

カクヨム版と書籍《しょせき》版は既《すで》に別物に――というか、書籍《しょせき》3巻の続きにあたる〝4章〟が途中《とちゅう》でストップしてしまっており、書籍《しょせき》がカクヨムを追《お》い抜《ぬ》く事態に……！

すみません！　謝ってばかりですが。

一応、このあとがきを書いている時期と発売時期にはタイムラグがあるので、その間にワンチャン更新《こうしん》できたり……？

ただ、それぞれ別物になったからには、カクヨム版は書籍《しょせき》版とは異なる工夫《くふう》もしたいなあとか考えてしまって、余計に進まなくなったり。

とにかく読者さんに楽しんでいただきたいし、楽しんで書けるお話にしたいので、もう少し時間をいただければ……！


そして、重大なお知らせです。

遂《つい》に……『妹はカノジョにできないのに』書籍《しょせき》版は次巻で完結です！

知る人ぞ知る書籍《しょせき》化前のタイトルには〝JC妹〟というワードがあったように、基本的には雪季《ふゆ》が中学生のうちに終了《しゅうりょう》する予定でした。

残された時間はもう少ないのです……。

春太《はるた》も、雪季《ふゆ》も晶穂《あきほ》も決断しなくてはならない時が近づいています。

寂《さび》しいですが、彼らがどんな結末を迎《むか》えるのか期待してお待ちいただければと。

きっと、最後まで楽しんでいただける作品になりますので！


まあ、しれっとカクヨム版でJK雪季《ふゆ》ちゃんが登場するかもしれませんけどね。

そういうことができてしまうのが、WEB小説の良さだと思いますし。

書籍《しょせき》版、カクヨム版、それぞれに独自の面白《おもしろ》さがあってほしいですね。


話は変わりますが、ちくわ。先生によるコミカライズが〝コミック電撃《でんげき》だいおうじ〟さんで連載《れんさい》中ですよ！　コミックウォーカーさんとニコニコ静画さんにも掲載《けいさい》されております！

小説とはまた違《ちが》う、雪季《ふゆ》や晶穂《あきほ》が描《か》かれてます！　ヒロインたちが表情豊かで可愛《かわい》いんですよ。是非《ぜひ》、こちらも読んでいただければ嬉《うれ》しいです。

コミックス1巻も6月下旬《げじゅん》に発売予定です！


イラストの三九呂《さんくろ》先生、今回も素晴《すば》らしいイラストありがとうございます！　特にカバーの雪季《ふゆ》の落ち着いた雰囲気《ふんいき》、空気感が本当に最高です……！

担当さんも、いつもありがとうございます！　最後までよろしくお願いします！

この本の制作・出版・販売《はんばい》などに関わってくださった皆様《みなさま》、ありがとうございます。

なによりカクヨムの読者さま、そしてこの本の読者の皆様《みなさま》に最大限の感謝を！

それでは、最終巻でお会いできれば嬉《うれ》しいです。

2023年春　鏡遊

◉鏡 遊著作リスト

「妹はカノジョにできないのに1〜4」（電撃文庫）

本書に対するご意見、ご感想をお寄せください。

ファンレターあて先
〒102-8177　東京都千代田区富士見2-13-3
電撃文庫編集部
「鏡 遊先生」係
「三九呂先生」係

本書はカクヨム掲載『妹はカノジョにできない』を改題・加筆修正したものです。

電撃文庫

妹《いもうと》はカノジョにできないのに 4

鏡《かがみ》 遊《ゆう》

2023年5月10日　初版発行

発行者	山下直久
発行	株式会社KADOKAWA 〒102-8177　東京都千代田区富士見2-13-3 0570-002-301（ナビダイヤル）
装丁者	荻窪裕司（META＋MANIERA）
印刷	株式会社暁印刷
製本	株式会社暁印刷

ISBN978-4-04-915013-1　C0193　Printed in Japan

電撃文庫　https://dengekibunko.jp/

電撃文庫創刊に際して

文庫は、我が国にとどまらず、世界の書籍の流れのなかで〝小さな巨人〟としての地位を築いてきた。古今東西の名著を、廉価で手に入りやすい形で提供してきたからこそ、人は文庫を自分の師として、また青春の想い出として、語りついできたのである。

その源を、文化的にはドイツのレクラム文庫に求めるにせよ、規模の上でイギリスのペンギンブックスに求めるにせよ、いま文庫は知識人の層の多様化に従って、ますますその意義を大きくしていると言ってよい。

文庫出版の意味するものは、激動の現代のみならず将来にわたって、大きくなることはあっても、小さくなることはないだろう。

「電撃文庫」は、そのように多様化した対象に応え、歴史に耐えうる作品を収録するのはもちろん、新しい世紀を迎えるにあたって、既成の枠をこえる新鮮で強烈なアイ・オープナーたりたい。

その特異さ故に、この存在は、かつて文庫がはじめて出版世界に登場したときと、同じ戸惑いを読書人に与えるかもしれない。

しかし、〈Changing Times,Changing Publishing〉時代は変わって、出版も変わる。時を重ねるなかで、精神の糧として、心の一隅を占めるものとして、次なる文化の担い手の若者たちに確かな評価を得られると信じて、ここに「電撃文庫」を出版する。

1993年6月10日
角川歴彦

電撃文庫DIGEST　5月の新刊　発売日2023年5月10日

続・魔法科高校の劣等生
メイジアン・カンパニー⑥
著／佐島 勤　イラスト／石田可奈

IPUで新たな遺物を見つけた達也たち。遺物をシャンバラへの『鍵』と考える達也は、この白い石板と新たに見つけた青、黄色の石板の3つの『鍵』をヒントに次なる目的地、IPU連邦魔法大学へ向かうのだが——。

創約　とある魔術の禁書目録《インデックス》⑧
著／鎌池和馬　イラスト／はいむらきよたか

『悪意の化身』アンナをうっかり庇ってしまった上条。当然の如く未曾有のピンチに見舞われる。彼らを追うのは、『橋架結社』の暗殺者ムト＝テーベ……だけでなく、アレイスターや一方通行勢力までもが参戦し……！

魔王学院の不適合者13〈下〉
～史上最強の魔王の始祖、転生して子孫たちの学校へ通う～
著／秋　イラスト／しずまよしのり

《災淵世界》と《聖剣世界》の戦いを止める鍵——両世界の元首が交わした「約束」を受け継ぐのは聖剣の勇者と異端の狩人——!?　第十三章《聖剣世界》編、完結!!

ウィザーズ・ブレインⅨ
破滅の星〈下〉
著／三枝零一　イラスト／純 珪一

衛星を巡って、人類と魔法士の激戦は続いていた。戦争も新たな局面を迎えるも、天樹錬は大切なものを失った衝撃で動けないでいた。そんな中、ファンメイとヘイズは人類側の暴挙を止めるため、無謀な戦いへと向かう。

楽園ノイズ6
著／杉井 光　イラスト／春夏冬ゆう

伽耶も同じ高校に進学し、ますます騒がしくなる真琴の日常。病気から復帰した華園先生と何故か凛子がピアノ対決することに？　そして、夏のライブに向けて練習するPNOだが、ライブの予定がダブルブッキング!?

妹はカノジョにできないのに 4
著／鏡 遊　イラスト／三九呂

家庭の大事件をきっかけに、傷心の晶穂が春太の家に居候することに。一方、雪季はついに受験の追い込み時期へ突入！　二人の「妹」の転機を前にして、春太がとるべき行動とは……。

新作
命短し恋せよ男女
著／比嘉智康　イラスト／間明田

恋に恋するぽんこつ娘に、毒舌クールを装う元カノ、金持ちヘタレ男子とお人好し主人公——こいつら全員余命宣告済！？　命短い男女４人による前代未聞な多角関係ラブコメが動き出す——！

新作
魔導人形《ホムンクルス》に二度目の眠りを
著／ケンノジ　イラスト／kakao

操蟲と呼ばれる敵寄生虫に対抗するため作られた魔導人形。彼らの活躍で操蟲駆逐に成功するが、戦後彼らは封印されることに。200年後、魔導人形の一人エルガが封印から目覚めると世界は操蟲が支配しており——。

新作
終末世界のプレアデス
星屑少女と星斬少年
著／谷山走太　イラスト／刀 彼方

空から落ちてきた星屑獣によって人類は空へと追いやられた。地上を取り戻すと息巻くが、星屑獣と戦うために必要な才能が無いリュートと、空から降ってきた少女カリナ。二人の出会いを境に世界の運命が動き出す。